波特貝羅女巫

A Bruxa de Portello

Paulo Coelho

保羅・科爾賀

李淑珺——譯

獻給S.F.X，所到之處都散播光明與溫暖的太陽，也是所有超越極限思考的人的典範。

啊，無玷受胎的瑪利亞，為那些向你求助的人禱告，阿門。

「沒有人點燈放在隱密處，或是斗底下，總是放在燈臺上，使進來的人得見亮光。」

——〈路加福音・第十一章第三十三節〉

在這些陳述離開我的書桌，遵循我為它們選擇的命運而去之前，我曾考慮利用它們為基礎，寫成一部傳統的、經過辛勤考證的傳記，敘述一篇真實的故事。因此我讀了好幾本傳記，以為會有幫助，卻發現傳記作者對傳主的觀感無可避免的會影響他的研究結果。既然我的用意並非將自己的意見強行訴諸讀者，而是要從主要角色的看法呈現「波特貝羅女巫」這個故事，我很快就放棄了直接寫一本傳記的想法，而決定最好的方式應該是把受訪者所說的話原封不動地記錄下來。

賀倫・萊恩，四十四歲，記者

沒有人點亮一盞燈，是為了將它藏在門後：光的意義在於創造更多光，在於打開人的視野，揭露周遭的奇妙景象。

沒有人會犧牲她擁有的最重要的事物：愛。

沒有人會將她的夢想交到可能將其摧毀的人手上。

沒有人，除了雅典娜以外。

在雅典娜死後許久，她先前的導師請我一起去蘇格蘭的普林斯頓潘鎮。因為某些古老封建世族的權力即將於下個月被廢除，這個小鎮便利用機會正式赦免了在十六和十七世紀因為施行巫術，而被處決的八十一個人——還有他們的貓。

根據「普林斯頓格藍吉與德芬斯頓男爵法庭」官方發言人的說法：「大部分被定罪的人——其判決都是基於捕風捉影的證據——也就是指控的證人宣稱他們感覺到惡魔的存在或聽到惡靈的聲音。」

現在一一細數宗教法庭犯下的惡行已無意義，例如他們的刑求房，以及用憎恨與報復燃起的火刑大火。但是在前往普林斯頓潘鎮的路上，艾達說了好幾次，這宣示動作所包含的意義，讓她無法接受：這座城鎮和第十四代的普林斯頓格藍吉和德芬斯頓男爵居然還要「赦免」當初被殘暴處死的人。

「我們已經來到二十一世紀，但是殺了無辜被害人的真正罪犯的後代，還覺得他們有權力赦免受害者。賀倫，你了解我的意思嗎？」

我了解。新的獵殺女巫風潮正開始蔓延。只不過這次的武器不是燒紅的烙鐵，而是嘲諷與壓制。任何人若碰巧發現某項天賦，而且敢於說出自己的能力，都會遭到懷疑。一般而言，他們的先生、妻子、父親或孩子，或身邊任何人，不但不會覺得驕傲，還會完全禁止他們提起，唯恐家人受到嘲笑。

在我遇到雅典娜之前，也認為所有這類的天賦都只是趁人之危的詐欺方法。我到特蘭斯伐尼亞製作有關吸血鬼的紀錄片，也是為了證明人有多容易被欺騙。某些迷信，儘管看來極其荒謬，仍舊留存在人類的想像中，而經常遭到存心不良的人利用。德古拉的城堡被重新建造只是為了讓遊客覺得置身特殊之處。而在我造訪時，一位政府官員主動與我接觸，暗示說，等影片在英國國家廣播公司上映，我就會得到一份「大禮」（直接引用他的話）。按照這位官員的說法，我是在協助散播這則神話，理應獲得慷慨報酬。一位導遊說每年遊客人數都在增加，而任何報導只要提及這個地方，結果都會有助益。即使這個節目指稱這座城堡是假古蹟，佛拉德・德古拉（Vlad Dracula）只是個歷史人物，這則神話與他毫無關係，只是一個愛爾蘭人（編按：布拉姆・斯托克〔Bram Stoker〕）瘋狂想像力的產物，而他本人甚至根本沒來過這個地方。

我當下恍然大悟，不論我多麼汲汲於追求事實，仍會不自覺的成為謊言的共犯。即使我的腳本背後的企圖是要破解這地方的神話，人們還是會相信他們希望相信的事。那個導遊說得沒錯，我只會幫忙帶來更多人潮。因此我立刻放棄了這個計畫，即便我已經在那趟旅行和研究上耗費了可觀的金錢。

但是特蘭斯伐尼亞之行卻對我的人生產生了重大影響，因為我在那裡遇到試圖找尋母親的雅典娜。命運——神祕的，無情的命運——讓我們在一家毫不起眼的飯店裡，同樣毫不起眼的大廳裡，面對面相遇。我目睹她與狄德麗——或艾達，她喜歡別人這樣稱呼——的第一次對話。我在一旁看著，像是自己生命的旁觀者，看著我的心掙扎，不容許自己被不屬於同樣世界的女人引誘，卻徒勞無功。當理智輸掉這場戰役時，我不由得歡呼喝采，唯一能做的就是投降，接受自己墜入愛河了。

這段愛情引領我看見我從未想像可能存在的事物——儀式、神靈現身、出神狀態。我相信自己是因愛情盲目，而懷疑一切，但是懷疑不但沒有令我停滯不前，反而更推我走向我無法承認存在的海洋。也是同樣的這股能量，在艱困的時刻，幫助我挺身面對記者同事的嘲諷，敢於寫出關於雅典娜和她的工作。而既然這份愛依舊活著，這股能量也就繼續存在，即使雅典娜已經死去，即使我現在最希望的莫過於遺忘我所看到、學到的一切。我現在只能與雅典娜手牽著手，行走於這個世界。

這是她的花園，她的河流，她的山岳。既然她已經不在，我需要讓一切盡快回到跟過去一樣。我將會更專注於交通問題，英國的外交政策，以及如何更完善地分配稅收。我想回到過去，認為魔法世界不過是聰明的把戲，大多數人是迷信的，科學無法解釋的事都沒有存在的權利。

當波特貝羅的聚會開始失去控制，我們對於她到底該怎麼做，起了無數次爭執，但是我現在很慶幸她當時沒有聽我的話。當我們失去深愛的人時，如果這樣的悲劇包含任何可能的慰藉，就是我們不得不希望或許這是最好的結果。
我在清醒時和睡夢中都這麼確信，雅典娜在那時候離開是最好的，總好過陷入這個世界的地獄中。在發生那些事件，讓她被稱為「波特貝羅女巫」之後，她就永遠不可能再獲得平靜了。她之後的人生將會是她個人夢想與社會集體現實之間嚴酷的衝突。我了解她，知道她一定會奮戰到最後，耗費她的精力和樂趣，只為了證明沒有人、沒有任何人準備好相信某些事情。
誰曉得，或許她就像船難受害者尋求一座島嶼一樣求死。她必定曾多次在深夜佇立於地鐵站，等待始終沒來的搶犯。她必定曾走過倫敦最危險的一些地區，尋找不曾出現的殺人犯，或試著挑釁高大魁梧的人，對方卻不肯動怒。
直到她終於讓自己被殘暴地謀殺了。但是，話說回來，又有多少人能倖免於目睹生命中最重要的事物瞬間消失的痛楚？我不是指人而已，還有我們的想法與夢想：我們或許能活過一天，一星期，或好幾年，但最終我們都註定失去。我們的身體依舊活著，但是我們的靈魂遲早都要接受這致命的一擊。這是一樁完美的犯罪——因為我們不知道是誰謀殺了我們的喜悅，他們的動機是什麼，或者要上哪裡去找有罪的一方。
那些無以名之的犯罪者知道自己做了什麼嗎？我懷疑，因為他們——那些沮喪的，傲慢的，有權有勢的人——也都是他們創造的現實的受害者。

他們不了解，也不會有能力了解雅典娜的世界。對，這是最好的想法——雅典娜的世界。我終於能接受我只是有幸暫居其中的過客，就像一個人發現自己幸運地身處一座美麗的豪宅裡，吃著精緻佳餚，但知道這只是一場宴會，知道豪宅屬於別人，食物是別人所買，而結束的時刻終會到來，燈光將會熄滅，主人將要就寢，僕人將回到自己的住所，大門將會關上，而我們將會再回到街上，等著計程車或巴士送我們回到我們平凡的日常生活。

我會回去，或者說，一部分的我會回去那個世界，在那個世界裡，只有我們能見到、摸到，和解釋的事物才有道理。我想要回去那個世界，那裡有超速罰單，人們與銀行出納的爭執，對天氣永恆的抱怨，恐怖電影和一級方程式賽車。這是我往後的日子裡必須接受的宇宙。我會結婚，生小孩，過去會變成遙遠的記憶，而這記憶到最後會讓我自問：以前的我怎麼會如此盲目？怎麼會如此天真？

我也知道，另一部分的我會繼續在空間裡遊蕩，接觸那些與我此時眼前的一包香菸和一杯琴酒同樣真實的事物。我的靈魂會與雅典娜的靈魂共舞；我會在睡夢中與她相守；我會滿身大汗地醒來，到廚房去喝水。我將會了解，為了對抗鬼魂，你必須利用與現實無關的武器。然後我會遵從我祖母的勸告，在床頭桌上放一把張開的剪刀，來剪斷夢的尾端。

第二天，我會帶著一絲後悔看著那把剪刀，但是我必須適應再度生活在這個世界，否則我可能會發瘋。

安德麗亞・麥凱，三十二歲，演員

「沒有人可以操縱別人。在任何一段關係裡，雙方都知道自己在做什麼，即使其中一人之後抱怨受到利用。」

雅典娜以前常這麼說，但是她自己的做法卻大不相同，因為她利用我，操縱我，絲毫不顧慮我的感受。而且我們在這裡談的是魔法，因此這項指控就更嚴重了；畢竟她是我的導師，應該負責傳承神聖祕義，和喚醒我們所有人都擁有的未知力量。當我們涉足陌生的海洋，不免盲目地相信引導我們的人，以為他們知道得比我們多。

事實上，我保證他們並不會。不論是雅典娜、艾達，或是我經由她們而認識的任何人都一樣。雅典娜告訴我，她是經由教導而學習。雖然一開始我拒絕相信，但是後來我逐漸覺得，或許確實如此。這是她用的許多方法之一，用來讓我們放下戒心，臣服於她的魅力。

尋求性靈啟發的人並不思考，只想要結果。他們渴望覺得自己力量無窮，勝過無名的大眾。他們想變得特別。雅典娜用很可怕的方式來玩弄別人的感覺。

我知道她曾經深深景仰聖女小德蘭。我對天主教信仰毫無興趣，但是據我所知，小德蘭曾體驗過身體與上帝結合的神祕經驗。雅典娜有一次說她也希望有類似經驗。如果是這樣，那她應該進修道院，把一生奉獻於禱告和服務窮苦的人。那她對這個世界的用處會大得多，至少不像她用音樂和儀式引發人們進入某種迷醉狀態，讓他們接觸自己最好與最壞的一面，那麼危險。

我當初之所以去找她，是為了找尋自己生命的意義，雖然我沒有在我們初次會面時坦承。我從一開始就知道，雅典娜對這件事毫無興趣，她想要生活、跳舞、做愛、旅行，讓人們圍在她身邊，顯示她有多睿智，炫耀她的天賦，激怒鄰人，徹底利用我們心底鄙俗的一切——即使她總是試圖在這個尋求上覆蓋一層性靈的偽裝。

每次我們見面，不論是為了施行某種魔法儀式，或只是要小酌一杯，我都能感受到她的力量。那力量如此強大，我彷彿伸手就能摸到。一開始我為此著迷，希望像她一樣。但是有一天，在一間酒吧裡，她開始談起跟性愛有關的「第三儀式」。她當著我的男朋友面前說這些。她的藉口是要教我東西，但我認為，她真正的目的是要勾引我愛的男人。

當然她成功了。

對於已經離開這一世到天界去的人，我似乎不該說她的壞話。但是雅典娜不需要對我負責，她要負責的對象，是她利用來謀取自己利益，而非用於造福人類，啟發自己靈性的所有力量。

最糟的是，如果不是因為她無法控制地愛出鋒頭，我們一起開始的一切最後一定能成功。如果她稍微謹言慎行一些，我們一定已經完成我們被賦予的使命了。但她就是無法自制，她自以為是真理的女王，只要利用勾引的力量就能克服所有障礙。

結果呢？現在只剩下我孤零零的一個人。我不能半途而廢——我必須堅持走到最後，即使有時候我感到非常軟弱，而且經常覺得氣餒消沉。

我對於她的生命這樣結束並不驚訝，她老是遊走在危險邊緣。有人說外向的人比內向的人更不快樂，他們必須不斷對自己證明自己多快樂，對人生多滿足。至少在她的例子，絕對是這樣沒錯。

雅典娜很清楚自己的魅力，而讓愛她的人痛苦。

包括我。

狄德麗・歐尼爾，三十七歲，醫生，人稱艾達

如果一個我們不認識的男人打電話來，跟我們說一些話，沒有提出任何提議，也沒有說什麼特別的事，但是給予我們鮮少獲得的注意，我們很可能當天晚上就跟他上床，覺得自己像是戀愛了。女人就是這樣，而且這沒有什麼不對——輕易對愛敞開心房是女人的天性。

也是同樣的這種愛，讓我在十九歲時敞開心胸，第一次接觸到大地之母。雅典娜也是在她十九歲時，在跳舞時第一次陷入出神狀態。這是我們兩個唯一的共同點——啟蒙的年紀。

在其他方面，我們是完完全全，徹頭徹尾的不同，尤其是我們與其他人相處的方式。身為她的導師，我盡可能的幫助她進行內在的追尋。身為她的朋友——雖然我不確定她是否同樣視我為朋友——我試圖警告她，這個世界還沒有準備好接受她想要鼓動的那種蛻變。我記得我失眠了好幾夜，才決定讓她完全自由地去行動，依循她的心的要求。

她更大的難題是，她是個二十二世紀的女人，卻活在二十一世紀，而且對這項

事實毫不隱瞞。她為此付出了代價嗎？確實如此。但是如果她壓抑她豐沛飽滿的自我，只會付出更高的代價。她會感到痛苦挫折，永遠都在顧慮「別人會怎麼想」，永遠都在說：「我要先把這些事處理掉，然後我就可以全心實現我的夢想，」並且永遠都在抱怨：「時機一直都不成熟。」

每個人都在找尋完美的導師，導師的教誨或許是神聖的，但是導師本身卻太過平凡，這是世人難以接受的。不要把導師與教誨、儀式與狂喜、象徵傳遞者與象徵本身，混為一談。祕義的傳統來自於與生命力量接觸，而非來自於帶領我們去接觸的人。但是我們太軟弱，我們請求大地之母派來嚮導，但她只送來路標，指引我們該遵循的路。

那些尋找牧羊人，而非渴望自由的人，真是可悲啊！接觸至高能量的大門對所有人都敞開，但唯獨遠離那些把責任推卸給別人的人。我們在地球上的時間是神聖的，我們應該歡慶每一刻。

這件事的重要性已經完全被遺忘了：連宗教節日都變成是去海邊、去公園，或去滑雪的機會。再也沒有儀式。平凡的動作不再被視為神性的彰顯。我們在烹調時抱怨這是浪費時間，卻不知道我們應該把愛灌注到食物裡。我們在工作時認為這是永恆的詛咒，但不知道我們應該利用我們的技能帶來歡愉，並散布大地之母的能量。

雅典娜讓我們所有人靈魂裡都藏著的無限豐富的世界浮現出來，卻不了解世人還沒準備好接受自己的力量。

我們女人，在尋找自己人生的意義，和通往知識的道路時，總是會認同四種古典原型之一。

處女（我指的不是性愛上的處女），她的尋求源自於完全的獨立，她學到的一切都是她能夠單獨面對挑戰而收穫的果實。

殉道者，她經由痛楚、屈服，和受苦，找到通往自我了解的道路。

聖人，她藉著無條件的愛，以及不求回報的給予，而找到自己生存的真正意義。

最後則是女巫，她尋求完全而不受限的歡愉，肯定自己的存在。

女人通常必須從這四種傳統女性原型中選擇其一，但是雅典娜同時是以上四者。

我們顯然可以為她的行為找到藉口，宣稱進入出神或狂喜狀態的人會與現實失去聯繫。但這並非事實，靈性的世界和實體的世界是同一件事。我們可以在每一粒沙中看到神，但這不會阻止我們用一塊濕海綿將它擦去。神不會因此消失，祂會轉化並顯現在乾淨的表面上。

雅典娜應該更小心一點。在回憶我這位弟子的生與死時，我不禁覺得我最好也改變自己的言行。

萊雅·桑納柏，六十四歲，數字占卜師

雅典娜？真是個有趣的名字！我看看——她的最大數字是九。樂觀，外向，容易在人群中被注意到。許多人可能會向她尋求了解、同情，和慷慨的付出，也就因為這個原因，她應該小心，因為這種受歡迎的特質可能沖昏她的頭，讓她到最後失去的比獲得的更多。她也應該小心說話，因為她講的話經常超出常識容許的範圍。

至於她的最小數字十一，我覺得她渴望某種領導者的位子。她對神祕的主題很感興趣，希望藉此為周圍的人帶來和諧。

然而這與九這個數字剛好衝突。這是把她生日的年、月、日加總起來，最後縮減成的一個數字。她永遠都會受忌妒、悲傷、內省，和衝動決定所苦。她必須小心，不要受到負面波動的影響，例如野心過大、缺乏寬容、濫用權力、放縱浮誇等。

由於有這樣的衝突，我建議她從事不會跟人有情感接觸的職業，例如電腦或工程等。

喔，她已經死了？很抱歉。那麼她生前是做什麼的？

雅典娜是做什麼的？她什麼都做過一點，但是，如果我要總結她的一生，我會說：她是個了解自然力量的女祭司。或者說，她覺得自己的人生裡沒有什麼可以失去的，也沒有什麼可以期望，所以比別人冒了更大的險，結果讓自己轉化成她認為她已經掌控的力量。

她曾是個超市收銀員、銀行行員，和房地產仲介，而在這些職位上，她都會顯露出她內心的女祭司。我與她共同生活了八年，這是我欠她的：我必須找回她的記憶、她的身分。

收集這些陳述最困難的一點是說服他們讓我用他們的真名。有些人說他們不想牽涉進這種故事裡，有些人則試圖隱藏他們的想法和感覺。我解釋說，我真正的用意是要幫助所有相關的人更清楚地了解她，而沒有讀者會相信匿名的陳述。

他們最後終於同意，因為他們都相信自己知道某些事件——不論多麼微不足道的事件——其獨一無二、絕對正確的版本。在記錄的過程中，我看到事情從來不是絕對的，永遠都取決於每個人的觀感。要了解自己是誰，最好的方法是了解別人如何看待我們。

這不表示我們應該做別人期望我們做的事，但這可以幫助我們更了解自己。這是我欠雅典娜的，我必須重新發掘她的故事，寫下她的神話。

莎米拉・卡利，五十七歲，家庭主婦，雅典娜的母親

拜託，請不要叫她雅典娜。她真正的名字是莎琳。莎琳・卡利，是我們最愛的、最想要的女兒，我和我丈夫多希望她是我們孕育的。

但是生命有它不同的計畫——當命運對我們十分慷慨時，總有一口深井，讓我們所有的夢想都跌落其中。

我們住在貝魯特的時候，所有人都認為那裡是中東最美麗的城市。我先生是成功的企業家，我們是因愛而結婚，每年都會去歐洲旅行，也有許多朋友，會被邀請參加所有重要的社交活動。有一次，美國總統甚至親自造訪我家，你想想看！那真是難忘的三天。其中兩天，美國特勤人員搜遍了我家每個角落（他們一個多月前就來到這個地區，部署在戰略位置，租借公寓，佯裝成乞丐或年輕愛侶）。而剩下的一天，或者應該說兩個小時，我們開了一場盛宴。我永遠都不會忘記我們朋友臉上羨慕的表情，和站在全球最有權力的人身邊照相的興奮。

我們什麼都有了，除了我們最想要的一樣東西——一個孩子。因此我們等於什麼都沒有。

我們什麼都試了：我們許願立誓，去保證奇蹟會發生的各個地方；我們諮詢巫醫，吞下處方、萬靈丹，和魔法藥水。我接受人工授精兩次，但是兩次孩子都流掉。我還在第二次流產時失去了左邊的卵巢，從此之後，再也沒有醫生願意冒險幫我做這類手術。

就在這時候，知道我們困境的許多朋友之一建議一項可能的解決方法：領養。他說他在羅馬尼亞有門路，整個過程不需要太久。

一個月後，我們搭上飛機。我們的朋友與當時統治那個國家的獨裁者，他的名字我現在忘了（編按：西奧賽古〔Nicolai Ceaus,escu〕），有很重要的生意往來，所以我們得以免除繁瑣的官僚作業，直接進入位於特蘭斯伐尼亞省，西比奧市的領養中心。在那裡迎接我們的是咖啡、香菸、礦泉水，和已經簽名蓋印的文件。我們唯一要做的就是選一個孩子。

他們帶我們走進一間很冷的育嬰室，我無法想像他們怎麼能將那些可憐的孩子丟在這樣的地方。我第一個直覺是想領養他們全部，帶他們遠走到有陽光和自由的黎巴嫩。但這顯然是個瘋狂的想法。我們在小床間來回走著，聽著孩子們的哭聲，對於要做下如此重大的決定感到畏懼。

超過一個小時，我和我先生都沒有說一個字。我們走出去，喝咖啡、抽菸，然後再回去——同樣的動作做了好幾次。我注意到負責領養的那個女人開始不耐煩，她希望我們立刻決定。在那一刻，我依循著我大膽稱為母性的直覺——彷彿找到了本來在這次轉世投胎時應該屬於我，卻從別的女人的子宮來到這世界的孩子——我指向某一個小女嬰。

這女人叫我們再考慮一下。但是她剛剛不是很不耐煩地希望我們趕快決定嗎？可是我很確定。

但是，她試著不要讓我難堪的（她以為我們跟羅馬尼亞政府高層有關係），對我咬耳朵，以免我先生聽見。她說：「我知道這樣一定行不通，她是吉普賽人的女兒。」

我反駁道，文化不會經由基因傳遞。這個還不到三個月大的孩子會是我們的女兒，依據我們的習俗扶養長大。她會上我們的教堂，去我們的沙灘玩，讀法文書，唸貝魯特的美國學校。而且我當時對吉普賽文化一無所知，到現在也是。我只知道他們經常旅行，不常洗澡，不值得信賴，而且喜歡戴耳環。傳說他們還會綁架孩子，把他們帶上馬車遠去，但是這裡發生的事剛好相反：他們留下一個孩子給我照顧。

這女人再度試圖勸退我，但是我已經在文件上簽名，也請我丈夫簽名。在飛回貝魯特的路上，整個世界似乎都不一樣了：上帝給了我在這個苦難人世裡生存、工作，和奮鬥的理由。我們現在有了個孩子，所有努力都有了意義。

莎琳長成一個聰慧又美麗的女孩——我想全天下父母都會這麼說，但是我真的覺得她是個與眾不同的孩子。有一天下午，她五歲的時候，我的一個兄弟說，將來她如果想去國外工作，這個名字會洩露她的出身，所以他建議改成不會洩露任何祕密的名字，例如雅典娜。當然我現在知道，雅典娜不但跟希臘的首都有關，也是古希臘代表智慧、理智，與戰爭的女神。

或許我的兄弟知道的不只這樣，他也警覺到一個阿拉伯名字將來可能帶來的問題，因為他很熱衷政治，我們全家人都是，所以想保護他的外甥女免於他已經看到，而且只有他看到的，從遠處逐漸逼近的烏雲。最令人意外的是，莎琳很喜歡這個名字的發音。那天下午她就開始叫自己雅典娜，沒有人可以說服她別這麼做。為了讓她高興，我們就把這當成她的小名，心想她應該過一陣子就不感興趣了。

名字可以影響人的一生嗎？時光飛逝，這個名字卻從此揮之不去。

十二歲的時候，我們發現她感受到強烈的宗教召喚——她把所有時間都花在教堂裡，能夠一字不漏地背誦福音書，這件事是福氣同時也是詛咒。在當時越來越因為宗教信仰而分裂的世界裡，我很擔憂女兒的安危。莎琳就在這時候，一副理所當然的樣子，開始告訴我們，她有許多看不見的朋友——天使和聖人等，她經常在我們去的教堂看到他們的影像。全世界各地的孩子都會見到幻象，但是過了一定的年齡後就會忘記了。孩子也會把沒有生命的東西，例如娃娃或絨毛老虎之類的，當成活生生的。但是有一天我到學校去接她時，她說她看到一個全身白衣，像聖母瑪利亞的女人，這時候我真的覺得她太過火了。

我當然相信有天使，我甚至相信天使會對小孩子說話，但是當一個孩子開始看到大人的幻象時，那就是另一回事了。我讀到過許多牧羊人或鄉下人聲稱看到一個全身白衣的女人，結果毀了他們的一生。因為許多人會去找他們，希望從他們身上得到奇蹟，然後神職人員接手過來，他們的村莊就成為朝聖地點，那些可憐的孩子們最終只能在修道院裡度過一生。我很擔心她說的這件事。在莎琳那個年紀，她更應該關心化妝品、擦指甲油、看濫情的連續劇和兒童節目。我的女兒一定有什麼不對勁，所以我去找專家諮詢。

他說：「放輕鬆。」

根據這位專攻兒童心理的小兒專科醫師——以及這個領域的大多數醫生——認為，隱形的朋友是小孩子夢想的投射，也是幫助孩子發掘慾望，表達情感的安全方法。

「是，但是他們會看到全身白衣的女人嗎？」

他回答說，或許莎琳並不了解我們看待或解釋這個世界的方式。他還建議我們應該慢慢開始鋪路，準備告訴她，她是領養來的。這位小兒科醫生說，最糟的狀況就是讓她自己發現真相，到時候她會開始懷疑所有人，她的行為也可能變得不可預測。

從那時候開始，我們就改變了對她說話的方式。我不知道孩子對發生在自己身上的事會記得多少，但是我們開始努力要讓她知道我們多愛她，她完全不需要到想像的世界裡尋求慰藉。她應該看到她周圍具體可見的世界是無與倫比的美好，她的父母會保護她免於任何危險，而貝魯特更是個可愛的城市，沙灘上充滿了陽光和人群。我完全不提「全身白衣的女人」，只是花更多時間陪伴我女兒，邀請她的同學來家裡玩，抓住任何機會給她滿滿的愛。

這個方法奏效了。我先生之前經常旅行，莎琳總是很想念他。但是為了愛，他下定決心稍微改變了生活方式。她孤單的喃喃自語消失了，取而代之的是爸爸、媽媽，和女兒一起玩的遊戲。

一切都很順利。然而，有一天晚上，她哭著來我們房間，說她很害怕，因為地獄即將到來。

當時只有我在家。我先生必須出門而不在家，我想或許她是因為這樣而難過。但是地獄？學校或教會到底教了她什麼？我決定第二天去找她的老師談談。

但同時莎琳卻哭個不停。我帶她到窗邊，指給她看被滿月照亮的地中海。我告訴她，這裡沒有魔鬼，只有星星在天空中，和許多人在我們公寓外的大道上來回穿梭。我告訴她不用擔心，不需要害怕，但她還是繼續哭泣顫抖。我花了半小時試著安慰她之後，開始覺得擔憂。我請求她別哭了，畢竟她已經不是小孩子了。我想或許她的初潮來了，於是小心的問她是不是有血。

「有，好多血。」

我拿了一些棉布，然後叫她躺下來，讓我處理她的「傷口」。這沒有關係的，我明天再跟她解釋。但是她的月經還沒有來。她又哭了一會，但是她一定是哭累了，因為她後來睡著了。

然後第二天早上，流血了。

四個人被謀殺了。對我而言，這不過是我們族人已經司空見慣的，永無止盡的另一場部落戰役而已。對莎琳而言，這顯然沒有什麼意義，因為她根本沒有提起她的惡夢。

然而，從那天開始，地獄就變得越來越近，而且再也沒有離開。在同一天，為了報復這樁謀殺，一輛巴士上的二十六個巴勒斯坦人被殺害。二十四小時後，走到街上變成不可能的事，因為槍聲從每個角落響起。學校關閉了，莎琳被一個老師匆忙地送回家。情況急轉直下。我先生中斷出差行程趕回家，然後整天都跟他在政府機關的朋友講電話，可是沒有人能說出什麼有道理的話。莎琳聽到外面的槍聲，和我先生在屋裡的吼叫聲，卻什麼都沒說，這讓我很意外。我試著告訴她，這種情形不會持續太久，很快我們就能再去海邊玩，但她只是望向別的地方，或跟我要本書看，或要一張唱片放來聽。當地獄慢慢地落地生根，莎琳只是看書和聽音樂。

但是，如果你不介意的話，我不想一直談這件事。我不願意去想我們接到的那些威脅，去想誰是對的，誰有罪，誰又無辜。事實是，幾個月之後，如果你想過某一條街，就必須先搭上到賽普勒斯島的船，然後再換一艘船，下船後，才能到得了街道的另一側。

將近一年的時間，我們幾乎都待在屋子裡，期盼情勢會好轉，認為這只是暫時的，政府一定會控制住情況。一天早上，莎琳用她的攜帶式小型唱機聽唱片時，突然開始跳舞，說出類似「這會持續很久，很久」的話。

我想阻止她，但是我先生抓住我的手臂。我發現他正在仔細聽她說的話，而且很認真。我一直不知道為什麼，我們之後也從來沒談過這件事。這似乎是我們之間的禁忌。

第二天，他採取出人意料的行動。兩個星期之後，我們已經搭上開往倫敦的船。後來我們才知道，雖然沒有可靠的統計數字，但是在那兩年內戰期間（編按：一九七四至一九七五年），大約有四萬四千人死亡，十八萬人受傷，以及數千人無家可歸。戰爭因其他理由持續下去，這個國家被外國軍隊占領，而地獄一直持續到今天。

「這會持續很久，很久。」莎琳是這麼說的。很不幸的，她說對了。

盧卡斯・傑森—彼得森，三十二歲，工程師，前夫

我第一次見到雅典娜時，她已經知道自己是被領養的。她那時候十九歲，正要在學生餐廳裡跟一個同學大打出手，因為這個同學以為雅典娜是個英國人（她有著白皮膚，直頭髮，眼睛有時候是綠色，有時候是灰色），而說了一些侮辱中東人的話。

那是開學的第一天，這些同學對彼此一無所知。但是雅典娜站起來，抓著另一個女孩的衣領，大叫：

「種族歧視！」

我看到那女孩眼中的驚恐，以及其他學生眼中等著看好戲的興奮。我比他們高一年級，所以很清楚這樣的後果：她們兩個都會被叫去副校長面前，被正式調查，接著可能因此被開除，警方也可能會介入調查雅典娜指控的種族歧視等等。任何人都得不到好處。

「閉嘴！」我大吼，但根本不知道自己在說什麼。

這兩個女孩我都不認識。我不是世界救星，而且說實話，年輕人都會覺得偶爾

爆發的打架很刺激，但我控制不住自己。

「住手！」我再度對那個漂亮年輕的女孩大吼，她正抓住另一個同樣漂亮年輕女孩的喉嚨。她憤怒地瞪了我一眼。然後，突然間，某種變化出現。她微笑起來，雖然她的雙手仍舊抓著同學的脖子。

「你忘了說『請』。」她說。

所有人大笑起來。

「請你住手。」我再度開口。

她放開另一個女孩，走向我。所有人都轉頭看過來。

「你很有禮貌。有香菸嗎？」

我拿出一包香菸，然後我們到外面去抽菸。她已經從勃然大怒變成無所謂的樣子，幾分鐘之後，她笑聲不斷，談論著天氣，問我喜不喜歡這個或那個音樂團體。我聽到上課鈴聲響起，但我違背了從小到大一直被教育要服從的規則：盡你的本分。我留在那裡繼續聊天，彷彿這個世界、爭吵、餐廳、風，或寒冷、或陽光，都已經不存在。只有這個灰色眼睛的年輕女孩，說著最無聊最沒有意義的話，讓我下半輩子都無法把注意力移開。

兩小時之後，我們一起吃午飯。七小時之後，我們一起在酒吧裡，吃著喝著我們有限的預算容許範圍內的晚餐和酒。我們的對話變得更加深入，在很短時間內，我幾乎已經知道所有關於她的一切——雅典娜不需要我探問，就細述了她童年和青春期的細節。後來我明白她其實對所有人都是這樣，但是那一天，她讓我覺得自己是全世界最重要的人。

她是因為躲避在黎巴嫩爆發的內戰而到倫敦來。她父親是馬若恩派天主教徒（編按：cristão maronita，屬於天主教會的分支，雖然也隸屬梵蒂岡管轄，但是不要求神父過獨身生活，並同時使用中東儀式和天主教正統儀式），本來已經因為替黎巴嫩政府工作而受到死亡威脅，卻仍無法下定決心逃離家園。雅典娜在這時候偷聽到一通電話中的談話，因此決定她該長大成人，肩負起為人子女的責任，保護她愛的人。

她表演起某種舞蹈，假裝進入出神狀態（她在學校讀過聖人的故事，而學到這些），然後開始說出一些宣言。我不知道一個小孩子怎麼可能說服大人照她說的話做決定，但是根據雅典娜的說法，事實就是如此。她父親非常迷信，而她相信她救了她們全家人的性命。

他們以難民的身分來到這裡，但並非乞丐。全世界各地都散布著黎巴嫩人的社群，因此她父親很快就找到方法重建事業，生活也繼續下去。雅典娜得以在很好的學校讀書，還去上舞蹈課——因為她熱愛舞蹈。念完中學之後，她決定攻讀工程學位。

在倫敦定居之後，她父母有一天帶她去一家城裡很昂貴的餐廳吃飯，然後很小心地對她解釋，她是領養來的。雅典娜假裝驚訝，擁抱了他們兩個，說任何事情都不會改變他們之間的關係。

但事實是，他們家的一個朋友之前就曾因一時的不滿，說她是「不知感激的孤兒」，並說她的沒有禮貌是因為她「不是她父母真正的女兒」。她當時拿起一個菸灰缸丟向他，割傷了他的臉，然後哭了整整兩天，但是之後她很快就接受了自己是被領養的事實。這個惡毒的家庭友人臉上留下無法解釋的疤，只好說自己是在街上被人打劫。

我問她第二天願不願意跟我出去。她說她是個處女，星期天都要上教堂，對愛情小說毫無興趣——她比較有興趣的是讀她能夠找到的，任何有關中東情勢的東西。

總而言之，她很忙。非常忙。

「大家都以為女人唯一的夢想就是結婚生小孩。而根據我告訴你的事，你可能以為我這輩子受了很多苦。事實並非如此。而且，這些我都經歷過，我認識過其他男人也想『保護』我不再遭受這些悲劇。但是他們忘記了，自古希臘時代以來，從戰爭中歸來的人，若不是躲在盔甲裡死去，就是帶著傷痕活下去，甚至因為有這些傷痕而更強壯。這樣是最好的：我從一出生就生活在戰場上，但我仍舊活著，我不需要任何人保護我。」

她停頓下來。

「你看得出來我很有教養？」

「喔，非常有教養，但是當你攻擊比你弱小的人時，你看起來真的很需要保護。你很可能一下子毀了你在大學的前途。」

「你說得沒錯。好，我接受你的邀請。」

我們開始固定約會，而且我跟她越是親近，就越發現自己的光芒，因為她總是鼓勵我盡自己的全力。她從來沒讀過任何關於魔法或祕教的書。她說那是魔鬼的東西，唯有透過耶穌才能得到救贖——就這麼簡單。但是，她說有時候事情似乎並不完全遵循教會的教誨。

「耶穌身邊圍繞著乞丐、妓女、收稅人和漁夫。我想他這麼做的意思是要表示神的光芒在所有人的靈魂裡，永遠不會熄滅。當我靜靜坐著，或者當我覺得煩躁不安時，我會感覺自己似乎與整個宇宙一起顫動。然後我就得知了我原本不知道的事，彷彿上帝在指引我的腳步。有些時刻，我會覺得所有真理都向我揭露了。」

然後她會糾正自己：

「但這是不對的。」

雅典娜始終生活在兩個世界之間：一個是她感覺真實的世界，另一個是她的信仰教導她的世界。

有一天，在讀了將近一學期的方程式、計算，和結構之後，她宣布她要離開大學。

「但是你從來沒跟我說過！」我說。

「我甚至不敢跟自己說，但是今天早上，我去找我的美髮師。她日夜辛勤工作，為的是要讓她女兒讀完書，拿到社會學學位。最後她女兒終於畢業了，然後在敲了許多門之後，才在一家水泥工廠找到祕書的工作。但是到今天，我的美髮師還是很驕傲地說：『我女兒拿到了學位。』我父母大部分的朋友，還有我父母大部分朋友的小孩，都有大學學位，但這不表示他們能找到他們想要的工作。完全不是這麼回事。他們去念大學，是因為在大學似乎很重要的那個時候，有某個人說，要在這世界上出人頭地，你就必須有大學學位。因此這世界就少了許多傑出的園丁、麵包師父、古董商人、雕刻家和作家。」

我請她在採取這麼決絕的行動前，多思考一下，但是她引用了羅伯・佛洛斯特（Robert Frost）的這幾行詩：

「兩條路在森林裡分岔，而我——
走了比較少人走的那條，
一切從此不同。」

第二天，她沒有出現在課堂上。之後我們見面時，我問她打算做什麼。

「我要結婚，生一個小孩。」

這不是最後通牒。我才二十歲，她才十九歲，我覺得要許下這麼重大的承諾，未免還太早。

但是雅典娜是認真的。我必須決定要選擇失去日夜充滿我腦海的一樣東西——我對她的愛——還是要失去我的自由，以及未來會帶給我的各種選擇。

說實話，這個決定並不困難。

吉恩卡洛・馮塔納神父，七十二歲

這對實在太年輕的情侶來教堂找我安排婚禮時，我很驚訝。我根本不認識盧卡斯・傑森－彼得森，但是就在同一天，我也得知他的家人——來自丹麥，出身不明的貴族——完全反對這樁婚姻。他們不只反對這門親事，還反對天主教會。

根據他父親的說法——他的根據是老實說真的無可辯解的科學論證——這整個宗教根基所在的聖經，並不真的是一本書，而是由六十六份不同的手稿拼湊而成，而這些手稿作者的真實姓名和身分都無人確知。他還說聖經第一卷完成的時間跟最後一卷相差了一千年，比從哥倫布發現美洲新大陸到現在還要久。而且地球上沒有任何生物——從猴子到鸚鵡——會需要十誡，才知道該如何生活。整個世界要維持和諧，唯一所需的就是所有生物都遵循大自然的法則。

我當然讀過聖經，也大概知道它的歷史，但是寫下聖經的人是神聖力量的工具，而耶穌建立了遠比十誡更為強大的聯繫：愛。鳥和猴子，或上帝的任何造物，都會遵從自己的本能，只照著牠們被設定好的方式生活。但人類的狀況就複雜多了，因為我們知道愛，和愛的陷阱。

唉呀，真是的，我居然講起道來了，我應該告訴你我和雅典娜與盧卡斯見面的經過。我在跟這個年輕人的談話中——我用談話形容，是因為我們並沒有同樣的信仰，所以我也不必像聆聽教徒告白時，幫他們保守祕密——才發現他家人除了反對天主教之外，也很排斥雅典娜，因為她是外國人。我忍不住想引用聖經裡的一段話，這段話不是在宣告信仰，而是訴諸常識：

「不可憎惡以東人，因為他是你的弟兄。不可憎惡埃及人，因為你在他的地上寄居過。」

抱歉，我又在引述聖經了。我保證從現在開始，我會盡量克制自己。我跟那個年輕人談過之後，又花了兩個小時跟莎琳談話，或說雅典娜。她比較喜歡別人稱她雅典娜。

雅典娜一直很吸引我的注意。從她一開始來這間教會，我就覺得她有一項清楚的野心：成為聖人。她告訴我——雖然她的未婚夫不知道這件事——但在貝魯特爆發內戰之前，她有過非常類似聖女小德蘭的經驗。她看到街上血流成河。你可以把這種經驗歸因於童年或青春期受過的創傷，但事實上，所有富於創造力的人或多或少都有過類似這樣，被稱為「聖靈附身」的經驗。突然間，在那千萬分之一秒間，我們覺得自己的整個人生都有了意義，我們的罪都被原諒了，愛仍舊是最強大的力量，可以永遠地改變我們。

但是我們同時會感到害怕。完全臣服於愛，不論是對人或神的愛，都意味著放棄一切，包括我們自身的幸福與我們做決定的能力。這意味著以最深的意義去愛。事實是，我們並不想以上帝選擇的方式被拯救，我們希望對自己的每一步保持絕對的控制權，完全知道自己的決定，能夠選擇我們奉獻的對象。

但愛不是這樣的——它會到來，住進來，然後開始指揮一切。只有非常強壯的靈魂才會容許自己被愛淹沒，而雅典娜是個強壯的靈魂。她強壯到能夠花好幾個小時沉思。她對音樂特別有天分，聽說她也很會跳舞，但是因為教堂不是很適合唱歌跳舞，她以前經常每天早上帶著吉他，到這裡來唱歌給聖母瑪利亞聽，然後才去上課。

我還記得第一次聽到她唱歌的時候。我才剛主持完早上的彌撒。只有極少數幾個教友願意在冬天早晨這麼早起床。然後我發現自己忘了收奉獻箱裡的錢。我回頭走進教堂時，聽到一陣音樂，讓我眼中的一切都顯得不同，彷彿裡頭的空氣被天使的手觸摸了。在一個角落裡，一個大約二十歲的年輕女孩彷彿陷入狂喜中，抱著吉他唱著讚美詩，目光牢牢地盯著聖母瑪利亞的雕像。

我走向奉獻箱。她發現我出現，便停下她本來在做的事，但是我對她點點頭，示意她繼續。然後我在教堂的一張長椅上坐下，閉上眼睛聆聽。

在那一刻，一種天堂般的感覺，一種「聖靈附身」的感覺，似乎從天而降。這年輕女子彷彿了解我心裡在想什麼，而開始在音樂中點綴著寂靜。每次她停止演奏，我就會念一段禱告。然後音樂會再度開始。

於是我意識到我正在經歷一件難忘的事，是那種往往要等到過去之後，我們才會了解的神奇時刻。我完全身在當下，沒有過去，沒有未來，完全沉浸於體驗那個早晨、那音樂、那甜美，和那意料之外的禱告。我進入一種崇敬而狂喜的狀態，感激身在這世界上，慶幸儘管家人勸阻，我仍舊遵循我的召喚。在那簡樸的小教堂裡，在我流了許多淚，感覺像是過了如永恆一般長的時間之後，這位年輕女子停止了演奏。我轉身，發現她原來是我教區的一位教友。在那之後，我們便成為朋友，盡可能地共享那樣的音樂崇拜。

但是她要結婚的想法完全出乎我意料之外。既然我們相當熟識，我便問她認為她先生的家人會有什麼反應。

「很糟，一定很糟。」

我盡量圓滑地問她，有沒有什麼理由迫使她不得不結婚。

「沒有，我還是處女，我沒有懷孕。」

我問她是否告知了她自己的家人，她說她已經說了，而他們的反應是大為震驚，加上母親的淚水和父親的威嚇。

「當我來這裡，用音樂讚美聖母時，我並不在乎別人會怎麼想，我只是把我的感覺與她分享。自從我大到可以自己思考以來，就一直是這樣。我是一個容器，讓神聖力量藉由我而彰顯。而這股力量此時正在要求我孕育一個孩子，讓我能給予他，我的生母從來未給我的：保護與安全。」

「在這塵世裡，沒有誰是安全的。」我回答。她眼前還有漫長的未來，還有充足的時間讓創造的奇蹟發生。但是雅典娜心意已決：

「聖女小德蘭沒有厭惡折磨她的病痛，相反的，她認為這顯現了上帝的榮耀。聖女小德蘭決定進修道院時才十五歲，比我還年輕得多。修道院禁止她這麼做，但是她不為所動。她決定親自去找教宗——你能想像嗎？直接找教宗！結果她得遂所願。這同樣的榮耀現在對我的要求更加簡單，也更加慷慨——它要我成為一個母親。如果我再等下去，就無法成為我孩子的同伴了，年齡的差距會太大，我們將不會有同樣的興趣。」

不是只有她這樣，我說。

但是雅典娜像沒聽到似地繼續說下去：

「只有當我覺得上帝存在並傾聽我時，我才會覺得快樂。但是當一切似乎都沒有了意義時，這已經不足以讓我繼續活下去。我假裝快樂，但我並不覺得快樂，我隱藏哀傷，以免讓愛我關心我的人擔憂。最近我甚至考慮自殺。夜晚，入睡前，我會與自己漫長地對話，祈禱這個念頭消失，因為那是如此不知感激的行為，是一種逃避，是將悲劇與痛苦散播在世界上的一種做法。每天早晨，我來到這裡對聖女小德蘭說話，請求她拯救我，使我脫離我在夜晚傾訴的惡魔。這方法到目前為止還行得通，但是我開始軟弱了。我知道我有一項使命，我長久以來一直拒絕，但現在必須接受。這使命就是成為一個母親，我必須實踐這項使命，否則我就要發瘋了。如果我無法感受到生命在我體內成長，我將永遠無法接受來自我身體之外的生命。」

盧卡斯・傑森—彼得森，前夫

維爾若出生時，我才剛滿二十二歲。我不再是娶了同學的大學生，而是必須負責一家生計的男人，肩上扛著沉重的擔子。我父母連婚禮也沒有來參加，要求我必須離開雅典娜，並獲得孩子的監護權，才會給我任何經濟資助。（或者應該說，這是我父親的說法，因為我母親經常打電話給我，哭著說我一定是瘋了，但又說她多希望能抱抱孫子。）我期盼他們會漸漸明白我對雅典娜的愛，以及我要與她相守的決心，態度就會慢慢軟化了。

但結果並沒有。現在我必須自己扶養我的妻兒。我放棄了在工程學院的學業。我接到一通父親打來的電話，他恩威並施地說，如果我繼續這樣下去，他將取消我的繼承權，但是如果我回大學唸書，他會——根據他的說法，「有條件暫時性的」——考慮幫忙。我拒絕了。年輕人的浪漫情懷讓我們總是採取最極端的立場。我說，我可以自己解決問題。

在維爾若出生前，雅典娜開始幫助我更了解自己。不是透過性愛——我必須承認，我們在性愛方面相當沒有把握——而是經由音樂。

我後來才知道，原來音樂的存在跟人類一樣久遠。我們的祖先從一個洞穴遷移到另一個洞穴時，無法攜帶許多東西，但是現代考古學的研究顯示，在他們的行囊裡，除了他們需要的少許食物之外，一定還有一個樂器。音樂不只是我們的慰藉或娛樂，它超乎於此——它是一種意識形態。你可以藉由一個人聽什麼樣的音樂來評斷這個人。

當我看著懷孕中的雅典娜舞蹈，聽她彈吉他安撫寶寶，讓寶寶覺得自己被愛，也就開始讓她看待世界的方式，影響我的人生。維爾若出生時，我們帶他回家之後做的第一件事，就是放阿爾比諾尼的慢板給他聽。在我們爭吵時，也是音樂的力量幫助我們度過這些困難的時刻——雖然我無法解釋這兩件事之間合理的關聯，除非用類似嬉皮式的說法。

但這些浪漫情懷都無法帶來金錢。我不會演奏任何樂器，甚至不能在酒吧演奏背景音樂，最後只能在一家建築公司找到一份實習生的工作，負責結構計算。他們給我很低的時薪，所以我必須每天很早出門，很晚回家。我很少看到兒子，因為我回家時他已經睡了。我也經常累到沒有力氣跟我的妻子說話或做愛。每天晚上我都問自己：我們什麼時候才能改善經濟狀況，得到我們應有的生活方式？雖然我相當贊同雅典娜所說的，得到大學學位，例如工程學位（或法律、醫學學位）並沒有什麼意義，但是如果我們不想讓生活陷入困境，有些根本的技術面事實還是不可忽視。而我被迫放棄了學習我所選擇的行業，這意味放棄對我而言非常重要的夢想。

於是我們開始爭吵。雅典娜抱怨我不夠注意寶寶，說寶寶需要父親，還說如果她只想要個孩子，她大可以自己這麼做，不需要造成我這麼多麻煩。我不只一次摔門衝出去，說她根本不了解我，說我也不了解我怎麼會「發了瘋」，同意在二十歲時，在我們還沒有最基本的經濟基礎時，生下一個孩子。徹底的疲憊和煩躁，漸漸地讓我們停止做愛。

我開始陷入憂鬱，覺得我被我愛的女人操縱、利用了。雅典娜察覺我的心態越來越疏離，但是她沒有幫忙我，轉而把注意力都集中在維爾若和音樂上。工作變成我逃避的出口。我偶爾會跟我父母說話，而他們總是跟之前許多次一樣，說她是故意懷孕，來逼我娶她。

她也變得越來越虔誠。她堅持要讓我們的兒子以她自己決定的名字受洗——維爾若，一個羅馬尼亞名字。除了少數的移民之外，我懷疑在英格蘭還會有其他人叫維爾若，但是我想這顯示了她的想像力，也了解她是在與她從不知道的過去，她在西比奧孤兒院的日子，建立某種奇怪的聯繫。

我努力適應，但是我覺得我正因為這個孩子而失去雅典娜。我們越來越常爭吵，而她也威脅要離開，因為她擔心維爾若會受到我們爭吵的「負面能量」影響。一天晚上，她又這樣威脅時，離開的人是我。我心想等我冷靜一點再回去。

我在倫敦漫無目的地亂走，詛咒我選擇的人生、我同意要生的孩子，以及對我似乎再也沒有興趣的妻子。我走進地鐵站附近的一間酒吧，然後灌了四杯威士忌。酒吧在十一點關門後，我找到整夜開著的一間店，買了更多威士忌，坐在一個廣場的一張長椅上，繼續喝。一群年輕人靠過來，要我跟他們分享。我拒絕之後，他們便攻擊我。後來警察來了，把我們全都帶回警察局。

我做了筆錄之後就被釋放了。我沒有提出任何控訴，說其實沒什麼事，只是一場愚蠢的爭執而已。畢竟我可不想花上幾個月，以傷害被害人的身分，去法院出庭好幾次。但我要離開時，因為還很醉，結果跌了一跤，整個人趴到一個警官的桌上。警官很生氣，但沒有立刻以侮辱警員的罪名逮捕我，只是把我丟到街上去。

攻擊我的其中一個人站在那裡，謝謝我沒有把事情鬧大。他說我全身都是泥巴和血，最好先換衣服再回家。結果我沒有逕自離開，反而請他幫我一個忙：聽我說話，因為我真的迫切需要跟人說話。

整整一小時，他沉默地聆聽我的痛苦。我其實不是在對他說話，而是在對自己說話：一個還有大好人生等著開創的年輕人，可能有璀璨的前途——還有關係良好，能為他敲開許多扇門的家庭——現在卻像個乞丐——筋疲力竭，醉醺醺，憂鬱沮喪又一文不名。都是為了一個甚至不在意我的女人。

把我的故事講完時，我已經看清了自己的處境：我選擇這樣的人生，因為我以為愛能克服一切。事實並非如此。有時候愛會讓我們墜入深淵，更糟的是，還帶著我們愛的人一起墜落。以我的例子，我即將一手摧毀的，不只是我的人生，還有雅典娜和維爾若的人生。

那一刻，我再度告訴自己，我是個男人，不是那個含著銀湯匙出生的男孩子，也告訴自己，我會有尊嚴地面對眼前所有的挑戰。雅典娜已經睡了，懷中抱著寶寶。我洗了個澡，又出門去，把我的髒衣服丟到垃圾桶裡，然後回來躺下，感覺出奇地清醒。

第二天，我告訴雅典娜，我想離婚。她問為什麼。

「因為我愛你。因為我愛維爾若。也因為我現在只會責怪你們兩個，害我放棄了成為工程師的夢想。如果我們等一等，狀況就會不一樣，但是你只想著你的計畫，卻忘了把我考慮進去。」

雅典娜什麼也沒說，好像她本來就預料到，又好像她一直在不自覺地煽動我做出這種反應。

我的心在淌血，因為我還期望她會請求我留下。但是她顯得平靜順從，只擔心寶寶會聽到我們的對話。那一刻我覺得我很確定，她從來沒有愛過我，我只是被她利用的工具，好讓她實現十九歲就有孩子的瘋狂夢想。

我告訴她，她可以保留房子和家具，但是她不肯接受。她會跟她父母住一陣子，然後找一份工作，租一間自己的公寓。她問我能不能幫忙養育維爾若的費用，我立刻答應。

我站起來，給了她最後一個長長的吻，並再度堅持她應該繼續住在這間房子。但是她重複她的決心，說她一打包好所有東西，就會去她父母家。我待在一間廉價旅館，每天晚上都等著她打電話來，請求我回去重新開始。我甚至準備如果有必要，我會再回到以前的生活，因為分離讓我明白這世界上沒有任何東西、任何人，比我的妻子和孩子更重要。

一星期之後，我終於接到那通電話。但是她只說她已經清空了她所有的東西，不會再回去了。兩個星期後，我聽說她已經在巴賽特路上租了一間閣樓公寓，每天必須抱著孩子走三層樓梯。兩個月之後，我們正式簽字離婚。

我真正的家人永遠離開了。而把我生下來的家人則張開雙臂接納我回去。

在我與雅典娜分開，並承受接踵而來的巨大痛苦時，我曾經懷疑我是不是做了一個不負責任的糟糕決定，就像許多青春期看了太多愛情故事，迫不及待想重演羅密歐與茱麗葉的人一樣。但是當痛苦消退——時間是唯一能療傷的解藥——我終於了解生命讓我遇到了我這一生唯一能愛的女人。在她身邊度過的每一秒都是值得的，而儘管發生了這些事，如果有機會，我還是會做出一樣的選擇。

時間除了能治療所有傷痛，也教會我一件奇怪的事：人一生中可能不只愛一個人。我再婚了，跟新的妻子在一起很幸福，也無法想像生活中沒有她。但這不表示我必須斷絕過去所有的經驗，只要我小心地不去比較我的兩個人生。你不能像衡量路的長度或建築的高度一樣衡量愛。

我與雅典娜的關係留下了一件非常重要的事物：一個兒子，她最大的夢想，在我們結婚前，她就如此誠實說出的夢想。我跟第二任妻子也生了一個兒子，而且我也做了比十二年前更好的準備，來面對為人父親的甜蜜與負荷。

有一次，當我去接維爾若，帶他回來跟我度過週末時，我決定問她，為什麼我說想要分開時，她的反應如此冷靜。

「因為我這一生已經習慣了默默受苦。」她回答。

直到這時候，她才雙手環抱住我，將那天想流出的所有眼淚傾瀉而下。

吉恩卡洛・馮塔納神父

我看到她來參加禮拜天的彌撒，像平常一樣抱著小寶寶。我知道她跟盧卡斯有一些問題，但是在那星期之前，我一直以為那只是所有夫妻都會有的一些誤會，而他們都是如此善良的人，因此我希望他們遲早會化解彼此的歧見。

距離她前一次一大早到教堂彈吉他讚美聖母，已經是整整一年前的事。她全心全意的忙著照顧維爾若。我很榮幸能為他施洗，但是我必須承認，我不知道有任何聖人是這個名字。但是她還是會來禮拜天的彌撒，而我們也都會在所有人離開之後聊一聊。她說我是她唯一的朋友。我們曾經共享神聖的崇拜，但現在她需要與我分享的，是她屬於俗世的問題。

她愛盧卡斯勝過她以前遇到過的任何男人。他是她兒子的父親，是她選擇共度一生的人，也是能夠放棄一切、有足夠勇氣與她共組家庭的人。當他們開始遭遇困難時，她試著讓他相信這只是一個過渡階段，她必須全心全意地照顧他們的兒子，可是她並不打算寵壞維爾若。她很快就會讓他自己去面對人生中的一些挑戰。之後她就會再變回他們初識時，他所認識的那個妻子與女子，甚至比當時更熱烈，因為現在她更了解伴隨她的選擇而來的義務與責任。但盧卡斯仍覺得受到冷落。她拚命地想把自己的心力平均分配給丈夫和孩子，但她總是被迫選擇，而當這樣的時刻出現，她從不猶豫：她選擇維爾若。

根據我自己貧乏的心理學知識，我必須說，這不是我第一次聽到這種事，男人在這種情況下確實常覺得被冷落，可是這很快就會過去。我在跟其他教友談話時，常聽到類似的問題。在我們的一次談話中，雅典娜承認她當初或許操之過急了，成為年輕母親的浪漫想法讓她看不到孩子出生後隨之會來的現實挑戰。但是現在後悔已經太遲。

她問我能否與盧卡斯談談。盧卡斯從來不來教堂，或許因為他不相信上帝，又或許他比較想把星期天早晨花在陪伴兒子。我答應了，但是必須他自己願意來。就在雅典娜準備請他來時，那件重大的危機發生了，他離開了她與維爾若。

我勸她有點耐心，但是她深深地受傷了。她在童年時已經被拋棄過一次，而她對生母的所有憎恨便自動轉移到盧卡斯身上，雖然據我所知，後來他們仍再度成為好友。對雅典娜來說，拆散家庭可能是任何人能犯的最深重的罪。

她仍舊來參加禮拜天的彌撒，但是之後就直接回家。她現在沒辦法把孩子留給任何人，而這孩子在彌撒中經常不受控制地大哭，讓所有人無法專心。在我們能夠說話的少數機會中，有一次她說她在一家銀行工作，租了一間公寓，還說我不必為她擔心。維爾若的父親（她現在都不再提到她丈夫的名字）也盡到他在經濟上的義務。

然後是那個命中註定的禮拜天。

我聽說了那個禮拜發生的事——一個教友告訴了我。我連著好幾個晚上祈禱天使帶給我啟發，告訴我，我該遵從對教會的誓言，或是對血肉之軀男女的承諾。當天使終究沒有出現，我聯絡了我的上級，而他說教會之所以能存在至今，就是因為堅守教條，如果教會接受例外，我們就會回到中古世紀了。我當時就知道會發生什麼事了。我想打電話給雅典娜，但是她沒有給我她新的電話號碼。

那天早上，我舉起聖體，為聖餐祈福時，我的手在顫抖。我說出延續了千年的傳統傳遞給我的話語，行使基督信徒代代相傳的力量。但是我的心轉到那個懷中抱著孩子的年輕女性，在遺棄和孤獨中更彰顯母性與愛的奇蹟，如同聖母瑪利亞一樣的女人，她正如以往一般加入行列裡，慢慢走上前來，準備領取聖餐。

我想大多數教友都知道發生了什麼事。他們都望著我，等著看我的反應。我看到自己周圍環繞著公義之人、罪惡之人、法利賽人、教會最高評議會成員、使徒和門徒、帶著善意或惡意的人們。

雅典娜站在我面前，重複著以往的姿勢：她閉上眼睛，張開嘴，準備接受耶穌的聖體。

耶穌的聖體仍在我手上。

她睜開眼睛，不了解發生什麼事。

「我們待會再談。」我低語。

但是她沒有移動。

「你後面還有人排隊。我們待會再談。」

「怎麼回事？」她問，隊伍裡所有人都聽得到她的問題。

「我們待會再談。」

「你為什麼不給我聖餐？你不知道你這是在所有人面前羞辱我嗎？我受的苦還不夠多嗎？」

「雅典娜，教會禁止離婚的人接受聖禮。你這個禮拜已經簽了離婚協議書。我們待會再談。」我又說了一次。

然而她還是動也不動，於是我示意她身後的人上前。我繼續給聖餐，直到最後一位教友都領了聖餐。就在這時候，在我轉身回聖壇之前，我聽到了那聲音。

那聲音不再屬於那個以歌唱讚美聖母瑪利亞的女孩，那個談論著自己的計畫、告訴我她聽到聖人的故事多麼感動的女孩，那個講到自己的婚姻問題時幾乎淚水奪眶的女孩。那聲音屬於一頭受傷的、受辱的動物，心中充滿了憎惡。

「詛咒這個地方！」那聲音說。「詛咒那些從不傾聽耶穌的話，那些把祂的訊息變成一棟石頭建築的人。因為耶穌曾說：『凡勞苦擔重擔的人可以到我這裡來，我就使你們得安息。』我正擔著重擔，而他們就不讓我到祂身邊。今天我知道教會已經把這句話改成：『凡遵守我們的規則的，到我這裡來，而那些擔重擔的人就去死吧！』」

我聽到坐在第一排長椅的一位婦人叫她閉嘴。但是我想聽，我需要聽。我轉向她，低下頭——這是我唯一能做的。

「我發誓我再也不會踏進任何教堂一步。我又一次被家人拋棄了，這一次卻跟財務困難或太早結婚的人不夠成熟無關。詛咒對母親和孩子關上門的所有人！你們就像拒絕收容聖家庭的那些人一樣，就像在耶穌最需要朋友時背棄他的人一樣！」

她說完便轉身，哭著離開，懷中抱著她的嬰孩。我做完彌撒，說完最後的祝禱，然後直接走進聖器保管室——那個禮拜天，我不想與忠誠的信徒交際，不想說那些無意義的對話。那個禮拜天，我被迫面對哲學上的兩難：我選擇了尊敬制度，而非這個制度賴以建立的話語。

我現在老了，上帝隨時都可能帶走我。我一直忠於我的信仰，我也相信即使這信仰有許多謬誤，它事實上正在努力修正錯誤。可能要花上幾十年，甚至幾百年，愛與耶穌的話才能成為唯一重要的事：「凡勞苦擔重擔的人可以到我這裡來，我就使你們得安息。」我把一生奉獻於神職，我從來沒有一刻後悔自己的決定。但是有些時刻，就像那個禮拜天，我雖然不懷疑自己的信仰，卻懷疑人類。

現在我知道了雅典娜發生的事，不禁想：一切都是從那時候開始的嗎？或者這一切本來就在她的靈魂裡？我想到這世界上許多的雅典娜與盧卡斯，都因為離了婚而無法接受聖餐禮；他們只能想著飽受苦難，被釘上十字架的耶穌，傾聽祂的話，與梵蒂岡律法不一定相符的那些話。在少數的例子裡，這些人離開了教會，但是大多數人仍繼續來參加禮拜天的彌撒，因為他們已經習慣了這麼做，即使他們知道麵包與酒轉變成上帝的肉體與血，這樣的奇蹟是他們不被允許獲得的。

我喜歡想像，雅典娜在離開教會後遇到了耶穌。她會困惑而哭泣地投入祂的懷抱，請求祂解釋，為什麼她會因為簽了一張紙而被排拒在教會外，因為一張在精神層面毫不重要，只有戶政單位和收稅人會感興趣的文件。

耶穌可能會看著雅典娜，回答說：

「我的孩子，我也被排拒在外。我已經很久都不被允許進去了。」

帕維爾．波特比斯基，五十七歲，公寓屋主

雅典娜和我有一個共同點：我們都是在小時候，就因為躲避戰爭而到英格蘭來，只是我是在五十多年前從波蘭逃來的。我們都知道，即使身處的地方改變了，我們的傳統在離鄉背井後仍舊會延續下來——故舊鄉親會聚在一起，語言和宗教仍存活下來，而且在對我們而言永遠是異鄉的地方，大家經常會互相照顧。

傳統延續下來，但是返鄉的慾望則逐漸消失。那樣的慾望必須存活在我們的心裡，以便欺騙自己還有希望，但是這願望永遠不會實現。我永遠不會回去琴斯托霍瓦，而雅典娜和她的家人也永遠不會回去貝魯特。

就是這樣互助團結的心情讓我把巴賽特路上房子的三樓租給了她——通常我比較喜歡沒有帶孩子的房客。我以前犯過這種錯，結果發生兩件事：我會抱怨他們在白天發出的噪音，他們則會抱怨我在晚上發出的噪音。兩種噪音都有其神聖的根源——哭泣與音樂——但它們屬於兩個完全不同的世界，很難和平共處。

我警告了她，但是她並沒有真的聽進去，還叫我不用擔心她兒子，反正他白天都待在他祖母家裡，而且這間公寓離她上班的銀行很近。

儘管我警告過她，儘管她一開始很努力地撐下去，八天後門鈴還是響了。門外是雅典娜，抱著她的孩子。

「我兒子沒辦法睡覺。你不能至少一個晚上把音樂關掉嗎？」

房間裡所有人都盯著她看。

「怎麼回事？」

那孩子立刻停止哭泣，彷彿他跟他母親一樣驚訝地看到跳舞跳到一半，而停下來的這群人。

我按了錄音機的暫停鍵，招呼她進來。然後我再度播放音樂，以免中斷儀式。雅典娜在房間的一個角落坐下，輕輕搖著懷中的孩子，看著他在鼓和銅管樂器的吵鬧音樂聲中睡去。她待到整個儀式結束，然後與其他客人一起離開，但是——正如我所料——她第二天早上，上班之前，又來按我的門鈴。

「你不必跟我解釋我看到的情景——許多人閉著眼睛跳舞——因為我知道其中的意義。我自己也經常這麼做，而且在我目前的生活裡，只有這種時候我才感覺平和與寧靜。在我成為母親之前，我經常跟我丈夫和朋友去舞廳玩，也會在那裡看到許多人閉著眼睛跳舞。有些人只是想裝得很酷的樣子，但有些人則是真的被一股更強大的力量感動。從我大到會自己思考開始，我就藉由跳舞來接觸比我強大、比我有力量的某種事物。無論如何，你可以告訴我，那是什麼音樂嗎？」

「你這個禮拜天要做什麼？」

「沒什麼。我可能會帶維爾若去攝政公園散步，呼吸一點新鮮空氣。我以後會有很多時間規劃我自己的社交活動，所以目前我決定先遵循我兒子的需求。」

「如果你願意的話，我想跟你一起去。」

在我們去散步前的兩個晚上，雅典娜都過來觀看儀式。她的兒子幾分鐘內就會睡著，她則看著周圍的一切，一句話也沒有說。雖然她很安靜地坐在沙發上，但我很確定她的靈魂在跳舞。

禮拜天的午後，當我們在公園裡散步時，我請她留意她聽到及看到的一切：葉子在微風中顫動，湖中波光瀲灩，鳥兒歌唱，狗兒吠叫，孩子們來回奔跑喊叫，彷彿遵循著成人無法理解的某種奇異的邏輯。

「萬事萬物都會運轉，而且都會跟隨著某種韻律運轉。而跟隨著某種韻律運轉的萬物就會創造出一種聲音。此時此刻，同樣的事情在這裡，也在世界的每個角落發生著。我們的祖先為躲避寒冷而藏身洞穴中時，也注意到相同的事：萬物都會運轉並發出聲響。最早的人類一開始或許因此感到恐懼，但這種恐懼很快就被敬畏取代：他們了解到，這就是某種至高的存在與他們溝通的方式。為了回應這樣的訊息，他們開始模仿周遭的聲音與動作——舞蹈和音樂因此誕生。幾天前，你告訴我，舞蹈讓你接觸到比你自身強大的事物。」

「對，當我跳舞時，我是個自由的女人，或者該說是個自由的靈魂，能夠在宇宙中穿梭，能夠思索現在，預言未來，並且被轉化成純粹的能量。那給我巨大的歡愉，那種喜悅遠超過我以前有過，或以後會有的任何經驗。過去我曾經決心要成為一個聖人，以音樂和舞蹈來讚美上帝，但是那條路現在已經對我永遠封閉了。」

「你指的是什麼路？」

她挪動嬰兒車裡的兒子，讓他更舒服些。我看出她不想回答這個問題，於是又問了一遍：當一個人閉上嘴，是因為他有重要的話要說。

她不帶一絲情緒，彷彿習慣了必須默默承受生命加諸她的一切，靜靜地告訴我教堂裡發生的事，說那位神父——可能是她唯一的朋友——拒絕給予她聖餐。她也告訴我，她對他們說出的詛咒，以及她已經永遠離開天主教會。

「有尊嚴的生活的人，就是聖人。」我解釋道。「我們唯一要做的，就是了解我們是為某個理由而存在，並全心全意地為這個理由奉獻。如此我們就能一笑置之地看待我們所有的痛苦，不論大小，並無所畏懼地向前走，知道自己的每一步都有意義。我們可以讓『頂點』發出的光做我們的導引。」

「你說的『頂點』是什麼意思？在數學上，『頂點』是指一個三角形最上方的角。」

「在生命中也是，它是最高的那個點，是跟所有人一樣會犯錯，但是在最黑暗的時刻也不會遺忘內心發出的光的人，所追求的目標。這就是我們這個團體想做的事。這頂點就在我們裡面，只要我們接納它，接受它的光，就能接觸到它。」

我解釋說我把她在前幾晚看到的舞蹈命名為「尋找頂點」。跳舞的人各種年齡都有（當時我們總共有十個人，年齡從十九歲到六十五歲不等）。雅典娜問我是怎麼發現這種舞蹈的？

我告訴她，第二次世界大戰剛結束時，我的一些親戚設法逃離正逐漸控制波蘭的共產政權，決定到英國定居。有人建議他們帶著藝術品和古書，因為據說這些物品在這個地方被認為有很高的價值。

畫和雕刻很快就被賣掉，但是書則一直留著，蒙上一層灰塵。我母親很在意我必須會看會說波蘭文，因此這些書就成了我教育的一部分。有一天，在一本十九世紀出版的、馬爾薩斯的著作裡，我發現我祖父寫的兩頁筆記。他已經在集中營裡過世。我開始讀，猜測這或許跟某筆遺產有關，又或者是一封給他祕密愛人的熱烈情書，因為據說他曾經在俄羅斯與某人墜入愛河。

我的猜測有部分是事實。這筆記裡描述了他在共產黨革命時到西伯利亞的一趟旅途。他在當地一個名為迪耶多的偏僻村莊愛上一名女演員（編按：地圖上找不到這個村莊，可能是村名已經被刻意改過，又或者這個地方在史達林下令強制遷徙後已經消失）。根據我祖父的說法，這位女演員屬於某個教派。這個教派相信他們可以經由一種特殊的舞蹈，治療所有痛苦，因為這種舞蹈會讓舞者接觸到發自「頂點」的光。

他們擔憂這項傳統將會消失，因為村子的居民很快就會被搬遷到別的地方，村子所在之處將用來作為核子試驗地點。這位女演員和她的朋友們央求他把他們的發現寫下來。他寫了，但是顯然認為這並不重要，因為他把這份筆記留在一本書裡，一直到我發現為止。

雅典娜打斷我的話：

「但是舞蹈不是用來寫的，你必須親身實踐。」

「沒錯。筆記中只寫到：舞到你筋疲力盡，彷彿登山者在攀登一座山、一座聖山。舞到你喘不過氣，讓你的身體不得不用別的方式獲取氧氣，到最後就會使你失去你的身分、失去你與空間時間的關係。跟著打擊樂聲跳舞，每天重複同樣的過程，到一定的時刻，你的眼睛就會很自然地閉上，然後你會開始看到來自內在的光，這光會回答你的問題，發展你隱藏的力量。」

「你發展出了什麼特殊的力量嗎？」

我沒有回答，只是建議她加入我們的團體，反正即使在鐃鈸和其他打擊樂器震天價響時，她兒子顯得很安靜自在。第二天，在慣常的時間，她已經到場準備開始。我介紹她給我的朋友認識，說她是我樓上的鄰居。沒有人提到自己的生活，或詢問她的工作。時間一到，我就扭開音樂，我們開始跳舞。

她一開始抱著孩子一起跳舞，但他很快就睡著了，於是她把他放到沙發上。在我閉上眼睛，進入出神狀態前，我看到她已經完全了解我所謂的通往頂點的途徑，指的是什麼。

每一天，除了禮拜天之外，她都會帶著孩子出現。我們會稍微寒暄，然後我就會開始放我一個朋友從西伯利亞草原帶回來的音樂，我們全都會舞到筋疲力竭為止。這樣過了一個月之後，她跟我要這捲錄音帶的拷貝。

「我想在每天早上跳這種舞，然後把維爾若送去我媽媽家，再去上班。」

我試著勸阻她。

「我不懂，我認為以同樣的能量連結在一起的一個團體，會創造出一種靈氣，幫助所有人進入出神狀態。而且在上班前跳這種舞等於在請老闆把你開除，因為你會一整天都累得要命。」

雅典娜想了一會，然後說：

「你說的集體能量一點也沒錯。例如在你的團體裡，就有四對夫妻，還有你太太。他們所有人都找到了愛，所以才能分享給我這麼正面的能量。但是我只有我自己，或者說，我是跟我兒子在一起，但是他還無法以我們能理解的方式，顯現他的愛。所以我寧可接受我的孤獨。如果我現在試圖逃避，我將再也找不到新的伴侶。如果我接受孤獨，而不是對抗它，事情或許就會改變。我已經發現，當我們試圖壓制孤獨時，它只會更強大，但若我們只是忽略它，它反而會變弱。」

「你加入我們的團體是為了尋找愛嗎？」

「我想那會是很好的理由，但答案是：『不是』。我加入，是為了尋找我人生的意義，因為此刻我人生唯一的意義是我的兒子，維爾若，而我擔心到頭來我會毀了他，可能是因為太過保護他，或者因為我把自己沒能實踐的夢想投射在他身上。但是有一天晚上，我在跳舞的時候，忽然覺得我痊癒了。如果我們談的是身體上的疾病，可能會說這是奇蹟，但讓我不快樂的，是一種精神上的不適，而它突然消失了。」

我知道她的意思。

「沒有人教過我如何跟著那種音樂跳舞，」雅典娜繼續說：「但是我覺得我知道自己在做什麼。」

「這是不需要學的事情。你還記得我們在公園裡散步時，看到的一切？大自然創造出它自身的韻律，然後順應著每一刻不斷變化。」

「也沒有人教過我如何愛，但是我愛過上帝，我愛過我的丈夫，我現在也愛著我的兒子和我的家人。但是我仍舊缺少某種東西。雖然我在跳舞時感到疲憊，但是停下來時，我彷彿置身在某種恩寵裡，感到深刻的狂喜。我希望這種狂喜延續一整天，幫助我找到我所欠缺的：一個男人的愛。我可以在跳舞時看到那個男人的心，但是看不到他的臉。我感覺他就在我身邊了，所以我必須保持警醒。我需要在早上跳舞，接下來一整天才能留意到身邊的一切。」

「你知道『狂喜』這個字的意義嗎？『狂喜』一詞來自於希臘文，意思是『處於自身之外』。一整天處於自身之外，對身體和靈魂都太過勉強。」

「無論如何我都想試試看。」

我了解再爭論下去也沒有意義，於是拷貝了一捲錄音帶給她。從此之後，每天早上我都被樓上的音樂聲和跳舞聲吵醒。我不得不懷疑，她在陷入出神狀態的一小時後，要如何面對在銀行的工作。有一次我們在走廊上遇到，我請她進來喝咖啡，結果她告訴我，她拷貝了更多捲錄音帶，她許多同事現在也都在尋找「頂點」。

「我做錯了嗎？這是一個祕密嗎？」

當然不是。事實剛好相反，她等於在幫助我保存一項幾乎失傳的傳統。根據我祖父的筆記，他們團體中一位女性說，曾有一位僧侶造訪這個地區時，告訴他們，我們每個人體內都包含了我們的祖先，和未來所有的世代。因此當我們解放自己時，也解放了所有人類。

「那麼西伯利亞那個村莊的所有男女現在一定就在這裡，而且非常快樂。他們的努力在這裡重生了，這要感謝你的祖父。我有一件事想問你：在你讀了那些筆記之後，你為什麼會決定要跳舞？如果你讀到的是關於運動的筆記，你會決定要變成足球選手嗎？」

這個問題，從來沒有人問過我。

「因為那時候我生病了。我得了一種罕見的關節炎，醫生告訴我，我要有心理準備，到了三十五歲，我可能就得一輩子坐在輪椅上了。我發現自己沒有多少時間了，於是決定全心去做將來無法做的事。我祖父在那些小小的紙張上，寫到迪耶多村的人相信出神狀態有治療疾病的力量。」

「他們的想法似乎沒錯。」

我沒有說話，但我並不確定。或許是那些醫生錯了。或許移民家庭的出身不容許我有生病的奢侈權利，因此對我的潛意識起了強大的力量，激發我身體的自然反應。又或許這真的是一項奇蹟，雖然這完全違反我天主教信仰的教條：跳舞不是一種療法。

我記得，青少年時期的我不曉得哪種音樂才對，因此我經常套上黑色的頭巾，想像我周圍的一切都消失了：我的靈魂會旅行到迪耶多，跟那些男女在一起，跟我的祖父和他深愛的女演員一起。在我寂靜的臥室裡，我會請他們教我如何跳舞，如何超越我的極限，因為很快我就會永遠癱瘓了。我越擺動自己的身體，心裡的光越是閃亮，我學到的也越多——或許是從我自己身上，也或許是從過往的幽靈身上。我甚至想像他們在進行儀式時一定聽著什麼樣的音樂，而許多年前，當我一位朋友去西伯利亞時，我請他幫我帶回一些唱片。我很驚訝地發現，其中一張唱片非常像我想像的，在迪耶多村裡伴奏舞蹈的音樂。

但這些最好都不要對雅典娜提起，因為她很容易受影響，而且我覺得她有些不穩定。

「也許你做的是對的。」我只是這麼說。

在她出發去中東前不久，我們又有一次談話。她似乎很滿足，彷彿她找到了她想要的一切：愛。

「我的同事組了一個團體，自稱為『頂點朝聖團』。這都要感謝你的祖父。」

「你應該說，這都要感謝你，因為你覺得需要跟別人分享這種舞蹈。我知道你要離開了，但是我想謝謝你，為我這麼多年來做的事增加了新的層面。我一直想散播這種光給少數有興趣的人，卻總是小心翼翼，擔心別人會覺得這整個故事很荒謬。」

「你知道我學到什麼嗎？我發現狂喜雖然是能夠處於自身之外，但舞蹈也能讓你上升到空間裡，發現新的層面，而仍舊與自己的身體保持接觸。當你跳舞的時候，精神的世界與真實的世界便能快樂地共存。我想古典舞者踮著腳尖跳舞，就是為了能同時碰觸地面和伸向天空。」

就我記憶所及，這是她對我說的最後幾句話。當我們喜悅地投入任何舞蹈裡，大腦便會失去控制的力量，心接起身體的韁繩。只有在那個時刻，「頂點」才會出現。當然，前提是我們相信它的存在。

彼得・薛尼，四十七歲，位於倫敦荷蘭公園，某銀行（銀行名稱刪去）之分行經理

我錄取雅典娜，只因為她的家人是我們最重要的客戶之一，畢竟這世界是靠著互利而運轉。她看來相當浮躁，所以我給了她一個很無聊的職員位置，希望她很快就會辭職。那麼我就能告訴她父親，我已經盡力了，可惜並未成功。

我擔任經理的經驗讓我學會辨識一個人的心理狀態，即使對方什麼都沒說。我在一堂經理課程中學過，如果你想除掉某個人，就應該盡力挑釁對方，讓對方變得粗魯無禮，你就有很好的理由開除他。

我盡一切努力想達成我對雅典娜設定的目標。她並非需要薪水才能過活，而且她很快就會發現這樣的日子多沒有意義：得早早起床，把兒子送到母親家，整天做重複的工作累得要命，然後再去接兒子，去超市購物，跟兒子匆匆相處就要送他上床，接著又是同樣的第二天，又要花三個小時在通勤上。一切都毫無道理，因為她還有其他那麼多有趣的方式可以過每一天。她變得越來越煩躁，而我很得意策略奏效了。我會達到我的目的。她開始抱怨她的公寓，說她的房東一整晚放很大聲的音

樂，讓她整夜睡不著覺。

但是，突然間，出現了某種變化。一開始改變的只有雅典娜，但是後來整個分行都變了。我怎麼會注意到有變化？在一起工作的一群人就像一個交響樂團，而好的經理人就像指揮，知道誰走音了，誰有真正的貢獻，又有誰只是在濫竽充數。雅典娜之前似乎只是毫無熱忱地彈奏她的樂器，她顯得疏離，從來不與同事分享她私人生活的快樂或悲傷，讓所有人都知道她下班之後的所有自由時間都被照顧兒子所占據。但是突然之間，她變得放鬆許多，喜歡說話，告訴所有願意傾聽的人，說她找到恢復年輕的祕密。

「恢復年輕」，當然是一個神奇的字眼。從一個才二十一歲的人口中說出來，其實相當荒謬，但是其他員工很快就相信了她，開始詢問她神祕的處方。

她的工作效率提高了，雖然她的工作負擔並沒有改變。之前除了「早安」或「再見」之外，從來沒跟她說過話的同事，開始邀她一起午餐。他們回來的時候，都顯得十分開心，而整個部門的效率都大幅提升。

我知道墜入愛河的人會影響他們所在的環境，因此我立刻猜測雅典娜一定是遇到了在她人生中非常重要的人。

我詢問，而她也承認了，但是她補充說她之前從來沒有跟客戶出去過，可是在這個例子裡，她無法拒絕。通常這就足以構成立刻辭退的條件——銀行的規定非常清楚：行員不得與客戶有私人接觸。但是這時候我已經察覺她的行為幾乎影響了所有人。有些同事開始在下班後跟她出去，我相信其中有些人甚至去過她家。

我遇到一個非常棘手的狀況。這個之前看來不是內向羞怯就是充滿攻擊性，沒有工作經驗的年輕實習人員，突然在我的員工當中，自然而然地變成領導者。如果我將她解雇，他們會認為是因為我忌妒，而我會因此失去他們的尊敬。但如果我讓她繼續這樣下去，幾個月之內，我就可能失去對這個團體的控制。

我決定等一等，但是在此同時，銀行裡的「能量」卻顯著地增強了（我討厭「能量」這個詞，因為這個詞真的毫無意義，除非你是在談電力）。無論如何，我們的客戶似乎比以前滿意許多，還開始推薦其他人來找我們。員工似乎也很開心，雖然他們的工作量加倍，可是我並不需要增加人手，因為他們全都應付得很好。

有一天，我接到上司的信，希望我去巴塞隆納參加一場團隊會議，解釋我的管理技巧。根據他們的說法，我沒有增加支出，卻增加了利潤，而這當然是全世界的管理階層唯一感興趣的事。

但是我用了什麼技巧？

至少我知道這一切是從哪裡開始的，於是我把雅典娜叫來辦公室。我稱讚她工作效率奇高，她則微笑地謝謝我。

我小心翼翼地前進，不希望被誤會。

「你的男朋友好嗎？我發現被愛的人都會給予別人更多的愛。他是做什麼的？」

「他在蘇格蘭警場工作。」（編按：與倫敦大都會區警察局連結的警方調查部門。）

我希望可以不用再問更多問題，但是我需要讓對話持續下去，而且我沒有太多時間。

「我發現你有很大的改變，而且——」

「你也發現銀行改變了嗎？」

這種問題該怎麼回答呢？一方面，我可能因此給予她我認為太大的力量，但是另一方面，如果我不坦率以對，我可能永遠得不到我需要的答案。

「是，我發現發生了很大的變化，而且我正在考慮擢升你的職位。」

「我需要旅行。我想離開倫敦，開拓新的視野。」

旅行？正當我的分行如此順利時，她卻想要離開？但是我仔細一想，這不正是我需要也想要的出口嗎？

「如果你給我更多職責，我可以幫助銀行。」她繼續說。

沒錯，她正在給我一個絕佳的機會。我之前怎麼沒想到呢？「旅行」代表可以擺脫她，恢復我在這個團隊的領導位置，又不需要面對解雇她可能引起的不合與反叛。但是我需要謹慎思考，因為我需要她幫助我，而不是幫助銀行。我知道，我的上司既然已經注意到生產力的提升，我就必須保持下去，否則就可能失去恩寵，結果甚至會比之前還糟。有時候我可以了解為什麼公司大多數同事都不會努力改進：如果改進不成功，他們會被認為無能，如果成功了，他們就得不斷改進，這肯定會讓人提早心臟病發。

我審慎地採取下一步：在擁有祕密的人把祕密洩露給你之前，最好不要嚇到她。最好的方法是先假裝答應她的要求。

「我會把你的要求轉呈給我的上司。事實上，我將去巴塞隆納跟他們開會，這也是我叫你來的原因。我們的工作表現提升，是從其他員工跟你相處得比較好之後開始的，這樣說對嗎？」

「應該說，是在他們跟自己相處得比較好之後吧。」

「是，但是這是受到你的鼓勵——還是我弄錯了？」

「你很清楚你沒有弄錯。」

「你讀了什麼我不知道的管理書籍嗎？」

「我不懂那類的書，但是我希望你答應我，你真的會考慮我的要求。」

我想到她在蘇格蘭警場工作的男友。如果我答應她，卻沒有做到，會因此變成報復的對象嗎？他會不會教了她某些時代尖端的科技，能夠讓人達到看似不可能的目標？

「即使你不遵守你的承諾，我也會告訴你一切，但是如果你不親身實踐我教你的，我就不能保證你會得到同樣的效果。」

「你是指『恢復年輕』的技巧？」

「沒錯。」

「只知道理論不夠嗎？」

「或許吧。教我的人是從幾頁紙上學到的。」

我很高興她沒有在當下逼我做出超出我能力或原則的決定。但是我必須承認，我自己對這整個故事也很有興趣，因為我也一直夢想找到一種方法，能夠「重拾」我的潛力。我承諾我會盡力而為，於是雅典娜就開始描述那種深奧漫長的舞蹈，說她用這種方式來尋找所謂「頂點」（還是叫「軸心」，我現在不太記得了）。在我們談話時，我試著用客觀的辭彙描述她瘋狂的想法。結果一個小時並不夠用，我於是請她第二天再來，我們一起準備要給公司董事會的報告。在對話中，她微笑著說：

「你不必擔心要如何利用我們在這裡使用的辭彙描述這種技巧。我相信即使是董事會成員，也是跟我們一樣的人，有血有肉，對非傳統的方法感興趣。」

雅典娜完全錯了。在英國，傳統永遠比創新占上風。但是只要不危及我的工作，為何不冒險一試？這整件事在我看來都很荒謬，但是我必須整理歸納，用每個人都能理解的方式說明。如此而已。

在巴塞隆納發表我的「管理論文」之前，我一整個早上都在對自己重複說：「我的」方法產生了效果，這才是唯一重要的。我讀了關於這個主題的幾本書，學到要在呈現新的想法時，帶來最大的衝擊力，就應該以同樣挑釁的方式組織你的演講，所以面對聚集在豪華飯店裡的決策階層時，我說的第一句話是聖保羅所說的：「上帝對智者隱藏最重要的事物，因為他們無法理解簡單的事物。」（編按：無法確定他在這裡指的是〈馬太福音〉第十一章第二十五節：「父啊，天地的主，我感謝你，因為你將這些事向聰明通達人就藏起來，向嬰孩就顯出來。」還是指〈哥林多前書〉第一章第二十七節，聖保羅所說的：「上帝卻揀選了世上愚拙的，叫有智慧的羞愧；又揀選了世上軟弱的，叫那強壯的羞愧。」）

我話一出口，過去兩天都在分析圖表和數字的所有聽眾全都一片沉默。我當時心想，我肯定丟掉工作了，但是我仍繼續說下去。第一是因為我已經對這主題做過研究，相信我要說的話，也相信我應該為此得到肯定。其次，雖然我在某些地方不得不刻意略過雅典娜在整個過程中的巨大影響力，但我並沒有說謊。

「我發現，要激勵現在的員工，需要的不只是我們傑出的訓練中心提供的訓練。我們每個人心裡都隱藏了某種未知的事物，而這事物一旦浮現上來，就能創造出奇蹟。

「我們工作都是為了同樣的理由：為了扶養我們的孩子，賺錢養活自己，讓自己的生命有意義，獲得一點點權力。但是在這個過程中，總有一些沉悶乏味的時刻，而祕訣就在於把這些時刻轉化成與自己、或與更高力量的相遇。

「舉例來說，尋求美好事物，跟任何務實的事情不見得相關，但我們還是會努力尋找，彷彿這是世界上最重要的事。鳥兒會學習歌唱，但不是因為這可以幫助牠們找到食物，躲開掠食者，或驅趕寄生蟲。根據達爾文的理論，鳥兒歌唱，是因為牠們只能憑藉這個方法吸引伴侶，讓這個物種生生不息。」

我被來自日內瓦的一位總裁打斷，他要求我給予比較客觀的論點。但是我很高興董事長要我繼續講。

「同樣的，根據達爾文的理論，他寫了一本改變所有人類發展歷程的書（編按：《物種原始》，一八五九年出版，他在當中首次假定人類是從某一種猿類演化而來），而他認為能夠引發熱情的人，都是在重複從人類住在洞穴的時代開始，就已經在做的事。在遠古時代，求偶的儀式對於人類的生存與演化是不可或缺的。那麼人類的演化和一家分行的演化有何不同？並沒有。兩者都遵循相同的法則——只有最適者能生存並進化。」

到這時候，我不得不承認，我得以發展出這個理論，要感謝我的一位員工，莎琳．卡利的志願協助。

「莎琳喜歡別人叫她雅典娜，她為工作場合注入了新的情感——熱情。是的，熱情，我們在討論貸款或財務試算表時通常不會想到的一件事。我的員工開始藉由音樂，來激勵自己更有效率地服務客戶。」

另一位總裁插話，說這個想法很古老了：超市就做過同樣的事，利用柔和的音樂來刺激消費者買更多東西。

「我不是說我們會在辦公室放音樂。只是大家開始以不同的方式生活，因為莎琳，或者說雅典娜，教他們在面對一天的工作之前先跳舞。我不知道這種做法確切喚醒的是大家體內的什麼機制，我身為經理，只負責最後的結果，不管過程。我自己並沒有參與這種舞蹈，但是我知道經由舞蹈，他們都覺得與自己所做的事產生了更密切的連結。

「我們從小到大不斷被灌輸一句格言：時間就是金錢。我們都知道錢是什麼，但是『時間』這個字真正的意思是什麼？一天是由二十四小時和無數個時刻組合而成。我們必須察覺到這當中的每一刻，並充分利用，不論是我們在忙著做什麼事，或只是在思索人生。如果我們慢下來，一切都會延續得更久。當然這也表示洗碗會花更久的時間，合計損益表上的支出收入金額以及檢查本票也都是如此，但是為什麼不用這些時間來思考愉快的事，或只因為活著而快樂？」

董事長驚訝地看著我。我很確定他希望我多解釋我學到的細節，但在場的其他人已經開始感到不耐煩。

「我很了解你的意思，」他說：「我也了解你的員工因為能夠每天享受與自己完全接觸的一刻，而更有工作熱忱。我也要稱讚你有這麼大的彈性，容許如此非正統的做法，而這做法，我必須說，確實產生絕佳的成果。但是說到時間，這是一場會議，而你只剩下五分鐘總結你的報告。因此你可否列出重點，讓我們能把這種原則推廣到其他分行？」

他說得沒錯。這件事或許對員工有益，卻可能毀了我的事業。於是我決定總結我跟莎琳一起寫下的重點：

「我跟莎琳．卡利根據個人的觀察，找出一些重點。任何人如果有興趣，我都願意與他進一步討論。以下是主要重點：

「(a)每個人都有一種未知的能力，而這能力可能永遠不會被發現。但是這種能力可以變成你的盟友。由於這種能力不可能衡量，也無法被賦予經濟價值，因此從來不被認真看待，但是我要在此對所有人宣示，而且我相信你們了解我的意思，至少在理論上了解。

「(b)在我管理的分行，員工學會了經由一種舞蹈，來利用這種能力，而伴奏這種舞蹈的旋律，我相信是來自亞洲的沙漠地帶。但是它的來源是哪裡並不重要，重要的是人們可以透過身體表達他們的靈魂想說的話。我知道『靈魂』這個字可能會被誤解，所以我建議改用『直覺』這個字眼。如果這個字眼也同樣讓人難以接受，那麼我們可以用『原始情感』這個說法，聽起來比較科學，但事實上它所包含的意義遠不及其他兩個字。

「(c)我不是鼓勵員工在上班前做健身運動或有氧運動，而是讓他們跳舞至少一個小時。這會同時刺激他們的身體與頭腦，讓他們在一整天開始時，就希望自己有某種程度的創造性，這會引導他們把累積的能量運用到銀行的工作上。

「(d)客戶和員工都活在同一個世界裡：現實其實不過是一連串傳到腦部的電流。我們以為自己『看見』的情景，其實是傳到腦部完全黑暗部位的一股電流。但是如果我們與別人進入同一個波長，我們就可能改變所感受的現實。憑藉著我不了解的某種方式，喜悅會感染到別人，熱忱和愛也是。或者說，悲傷、憂鬱，或憎惡，也都會被客戶和其他員工『出於直覺』地感染到。要提升工作表現，我們就必須創造一個機制，讓正面刺激保持活躍。」

「真是深奧。」在加拿大一家分行管理投資基金的一位女士說。

我有點失去信心。我沒能說服任何人。然而我假裝沒聽到她的評語，而利用我的創意，試圖為我的報告做出務實的結論：

「銀行應該指定一項基金，專門研究這種感染性心態如何作用，而能顯著地增加我們的獲利。」

這似乎是還算令人滿意的結尾，因此我寧可不繼續利用剩下的兩分鐘。我做完簡報後，經過一整天疲憊工作的董事長邀請我與他共進晚餐，而且是當著所有同事面前這麼做，彷彿在表示他支持所有我說的話。我從來沒有機會跟董事長吃晚餐，所以我盡可能充分利用。我開始談工作績效、財務報表、股票交易的困難和可能的新市場等。但是他打斷我，他更感興趣的是進一步了解我從雅典娜那裡學到的事。

到最後，出乎我意料之外，他把話題轉到比較私密的事情上。

「當你在報告中講到時間時，我很了解你的意思。在紐約，還在過節的時候，有一天我決定去花園裡坐一會。我從郵筒拿了報紙，但是裡頭沒有任何重要的事，只有記者決定我們應該知道，應該有感覺、有意見的事。

「我想打電話給隨便一個同事，但是那太荒謬了，因為他們應該都跟家人在一起。我跟我的太太、小孩，還有孫子一起午餐，睡了午覺，醒來之後，我記下一些事情，然後發現才下午兩點鐘。我還有三天不用工作，而儘管我很喜歡跟家人在一起，卻開始覺得自己毫無用處。

「第二天，我利用這空閒時間去檢查我的胃，還好檢查結果沒有任何嚴重的問題。我去看牙醫，牙醫也說我的牙齒沒什麼問題。我同樣跟我的太太、小孩，還有孫子吃午餐，又睡了午覺，同樣在下午兩點醒來，然後發現我完全不知道該把注意力放在什麼事情上。

「我覺得不自在：我不是應該在做什麼事嗎？當然，如果我想要工作，也不會太困難。我們總有計畫要做，有燈泡要換，有落葉要掃，有書要整理，有電腦檔案要分門別類。但是為什麼不直接面對空虛？就在這時候，我想起一件我覺得極為重要的事：我必須走到離我鄉下房子不到一英里的一個郵筒，寄出一張一直被遺忘在我書桌上的聖誕卡。

「然後我很驚訝：為什麼我非得在今天寄出那張卡片？就待在原地，什麼也不做，有這麼難嗎？

「一連串思緒浮現在我腦海：一些朋友總是擔心著還沒發生的事，一些認識的人總是設法用我覺得極為荒謬的事填滿生活的每一刻；毫無意義的對話，漫長的電話，裡頭從來沒說過什麼重要的事。我也見過我手下的經理發明一些工作，以證明自己的職位有價值，也見過員工因為某一天沒有被分派到重要的事，就擔心的表示自己可能沒有用處了。我妻子整天煩惱，因為我們的兒子離婚了，我兒子也整天煩惱，因為他兒子，也就是我們的孫子，在學校成績很差，我們的孫子則嚇壞了，因為他讓父母失望——即使我們都知道成績並不是那麼重要。

「我掙扎了很久，才能阻止自己從書桌前站起來。但是，慢慢的，焦慮逐漸被平靜取代，我開始傾聽自己的靈魂——或說直覺，或原始情感，或任何你選擇相信的說法。但不論你如何稱呼，那一部分的我一直都想對我說話，只是我一直太忙。

「在這個例子裡，不是舞蹈，而是聲音與動作的完全缺乏，是那種靜默，讓我碰觸到我自己。而且，不管你相不相信，我對困擾我的問題有了更深的了解，即使那些問題在我坐在那裡時，已經完全消解了。我沒有看到上帝，但我很清晰地明白該做什麼決定。」

在買單之前，他建議我把我們談到的這位員工派去杜拜，因為銀行在那裡開了一間新的分行，而那裡的風險相當高。身為一位優秀的經理人，他知道我已經學到了所需的一切，剩下要做的只是提供持續力。我的這位員工可以在別處有更大的貢獻。雖然他不自知，但他正在幫我達成我的承諾。

我一回到倫敦，就把這個邀請告訴了雅典娜，她也立刻接受了。她說她能說流利的阿拉伯語（因為她父親，我早知道這點），但是因為我們主要的客戶會是外國人，而非阿拉伯人，因此這不是不可或缺的。我謝謝她的幫忙，但是她似乎對我在會議的演說不感好奇，只是問我她何時該打包行李。

我還是不知道關於那個蘇格蘭警場的男友，是不是她的幻想。但如果這件事是真的，那麼我想謀殺雅典娜的人早該被逮捕了，因為我不相信報上寫的關於罪案的任何事。我可以了解金融學，我甚至可以容許自己說，跳舞幫助我的員工表現得更好，但是我永遠無法理解，為什麼全世界最優秀的警力可以抓到某些殺人犯，卻抓不到其他殺人犯。當然現在這也無關緊要了。

納比爾・阿拉希，年齡不詳，貝都因人

得知雅典娜把我的照片放在她公寓裡，代表尊崇的位置，我很高興，但是我真的不認為我教她的事有什麼實際的用處。她來到沙漠這裡，手上牽著一個三歲的小男孩。她打開她的袋子，拿出一台卡式收音機，然後在我的帳篷外坐下。我知道城裡的人經常會把我的名字告訴想嘗試在地料理的外國人，所以我立刻告訴她，現在還不到晚餐時間。

「我是為其他理由而來。」她說。「你的姪子哈密德是我工作的銀行的客戶，他告訴我你是一位智者。」

「哈密德這個愚蠢的年輕人確實可能告訴你我是個智者，但是他從來不聽我的勸告。先知穆罕默德，願神降福於他，他才是個智者。」

我指著她的車。

「你不應該在你不了解的地方單獨開車，你也不應該不帶嚮導單獨前來。」

她沒有回答，反而轉開了卡式收音機。接著我只看到一個年輕女子在沙丘上跳舞，她兒子在一旁歡喜而驚異地看著。樂聲似乎充滿整片沙漠。結束之後，她問我

看得開心嗎？

我說開心。我們的宗教有一支教派會用舞蹈來接近阿拉——願祂的名受祝福。

（編按：他指的是蘇菲教派）

「是這樣的，」這位自稱雅典娜的女人說：「我從小就覺得自己應該更接近神，但是人生總讓我離祂越來越遠。我發現音樂可以讓我接近，但是這不夠。每當我跳舞，我就會見到一道光，現在這道光要我再往前進。但我無法繼續自己學習，我需要有人教導我。」

「做什麼都可以，」我告訴她：「因為慈悲的阿拉永遠都在近處。正直的生活，這樣就足夠了。」

但是這女人似乎並不相信。我說我很忙，我得準備晚餐，迎接可能會出現的幾個遊客。她說多久她都能等。

「那孩子呢？」

「不用擔心他。」

我一邊做平常的準備，一邊觀察這女人和她的兒子。他們幾乎像同年齡的人，兩人在沙漠中奔跑，大笑，互相丟沙子，滾下沙丘。嚮導帶著三個德國旅客出現，他們吃了晚餐，還問有沒有啤酒，我不得不解釋我的信仰不允許我喝酒或提供酒精飲料。我邀請那女人和她的兒子一起晚餐，而席間出現意料之外的女性，讓其中一個德國人變得興致高昂。他說他想買一些土地，還說他存了很大筆的財富，而且相信這個地區的未來。

「太好了，」她回答：「我也相信這個地方有潛力。」

「或許我們該找個地方晚餐，談談可能——」

「不用，」她說著，拿出一張名片，「如果你有興趣的話，可以跟我的銀行接洽。」

這些遊客離開之後，我們在帳篷外面坐著。那孩子已經在她膝上睡著。我幫所有人拿了毯子，我們就坐在那裡，望著繁星點點的天空。最後她打破沉默。

「為什麼哈密德說你是個智者？」

「或許是為了讓我對他比較有耐心。過去我曾經試著把我的技藝教給他，但是哈密德似乎對賺錢比較有興趣。他現在可能已經相信，他比我睿智：他有一間公寓和一艘船，而我卻在這個沙漠裡，為偶爾出現的遊客做晚餐。他不了解我很滿足於我做的事。」

「他非常了解，而且他談到你時，總是滿懷敬意。但你說你的『技藝』，指的是什麼？」

「我今天看到你跳舞，事實上，我也做同樣的事，只是跳舞的是我的文字，而非我的身體。」

她面露訝異。

「我接近阿拉的方法——願祂的名受祝福——是經由書法，以及尋找每一個字的完美意義。任何一個字母都需要我們淬鍊出它包含的所有能量，彷彿我們在雕刻出它的意義。有些人身為神的工具，寫下神聖的經文，把它們散播到世界上，而他們的靈魂就被包含在文字裡。而且這不只適用於神聖經文，也適用於我們寫在紙上的所有符號。因為畫出每條線的手，都反映出畫這條線的人的靈魂。」

「你願意教我你所知的嗎？」

「首先，我不認為像你這樣精力旺盛的人會有耐心做這件事。除此之外，這也不屬於你的世界。在你的世界裡，一切都是印刷出來的，而且，若你容許我這麼說，印出來的東西通常不曾經過太多思考。」

「我想試試看。」

因此，接下來六個多月，這個女人——我判斷太過急躁，太精力充沛，一分鐘都不可能靜下來的這個人——每個星期五都來找我。她的兒子會到帳篷的一個角落，拿起紙張和筆，全神貫注的用他的繪畫揭露上天決定的一切。

當我看到她必須用極大的努力，才能保持安靜，維持正確的姿勢時，我說：「你不覺得去找別的事做，對你而言比較好嗎？」她回答：「不，我需要這樣，我需要安定我的靈魂，而且我還沒有學會你能教我的所有事。頂點的光告訴我，我應該繼續。」我從沒問過她「頂點」是什麼，也不感興趣。

第一課，或許也是最難的一課，就是「耐心！」

寫字不只是想法的表達，而是藉此思索每個字的意義。我們一起開始寫一位阿拉伯詩人的作品，因為我覺得可蘭經並不適合以另一種信仰扶養長大的人。我一個字母一個字母地口述，這樣她才能專注在她做的事上，而不會立刻想知道每個字、每個片段，或每一句話的意義。

「曾經有人告訴我，音樂是神創造的，而人必須藉由快速的動作，才能接觸到自己。」我們在一起的某個下午，雅典娜這樣說。「多年來，我一直覺得這是對的，但現在我被迫要做全世界最難的事——慢下來。為什麼耐心如此重要？」

「因為它讓我們專注。」

「但是我可以只遵從我的靈魂而舞蹈，這迫使我專注於比我自身偉大的事物，讓我接觸到神——如果你不介意我用這個字。舞蹈已經幫助我改變了我人生的許多事，包括我的工作。靈魂不是更重要嗎？」

「當然是，但是如果你的靈魂能與你的頭腦溝通，你將能改變更多事。」我們繼續一起工作。我知道，到某個時刻，我就得告訴她，她可能尚未準備好聆聽的話，因此我試著善用每一分鐘，為她的心做準備。我解釋說，在文字出現前，必定先有想法。而在想法出現之前，則必定有將它安置在那裡的神聖靈光。萬物，包括這地球上的萬事萬物，都有其意義，即便是最微小的事物，也值得我們思索。

「我已經教育我的身體，使它得以顯現我靈魂的所有感受。」她說。

「現在你必須教育你的手指，讓它們顯現你身體的所有感受。這會集中你身體的力量。」

「你是一位導師嗎？」

「導師是什麼？讓我告訴你：導師做的不是教導某件事，而是啟發學生發揮她的全力，發現自己早已知道的事。」

我感覺到，雅典娜儘管年輕，卻已經經歷過這些。書寫會顯露個性，我看得出她知道自己被愛，愛她的不只是她的兒子，還有她的家人，可能還有一個男人。我也看出她有特殊的天賦，但我努力不讓她知道我明白這點，因為這些天賦可能不只會讓她遇見神，也可能讓她墜入地獄。

我不只教她書法技巧，也試著傳授給她書法蘊含的哲理。

「你用來書寫這些筆畫的筆只是一個工具。它沒有意識，而是遵循著拿著它的人的慾望。這一點跟我們所說的『人生』非常相似。這世界上許多人都只是在扮演一個角色，沒有察覺一隻看不見的手在引導他們。此時此刻，在你手中，在描繪每個字的一筆一劃中，都蘊含著你的靈魂的意向。試著了解這當中重大的意義。」

「我了解，我也了解維持一定的優雅有多重要。你要我以特定的姿勢坐好，尊重我將要使用的材料，做到這些之後，才能開始寫。」

很自然的，如果她尊重她使用的筆，她就會了解，她必須鍛鍊出寧靜與優雅，才能學會寫字。而寧靜來自內心。

「優雅俐落的姿態並不是膚淺的外表，而是人類藉以榮耀生命與工作的方式。因此當你在這種姿勢裡感到不舒服時，絕不要認為這是虛假做作的：這姿勢正因為困難，所以才真實真誠。這姿勢表示紙和筆都為你的努力感到驕傲。紙張就不再是平板無味的平面，而接受了寫在上面的文字的深度。書寫要完美，就必定要有俐落的姿勢。人生也是如此：當所有多餘的事物都被拋棄，我們就會發現單純與專注。姿勢越單純清明，就越美麗，即使一開始可能顯得不舒服。」

她偶爾會談起她的工作。她說她喜歡自己做的事，而且剛接受一位位高權重的阿拉伯貴族的工作邀約。這位貴族到銀行去見經理，因為經理是他的朋友（貴族從來不去銀行提錢，他們有員工幫忙做這件事）。他在跟雅典娜說話時，提到他正在找人幫他賣土地，想問問看她有沒有興趣。

誰會想在沙漠當中或遙遠偏僻的港口買地？但我決定默不作聲，而現在回想起來，我很慶幸自己保持沉默。

她只提過她愛的男人一次，但是每次有遊客來時，如果她在場，這些男人當中總會有人試圖跟她調情。通常雅典娜對他們視而不見，但是有一次，一個男人暗示說他認識她的男朋友。她立刻臉色蒼白，急忙看了她的兒子一眼，還好他並沒有注意到他們的對話。

「你怎麼會認識他？」

「我是開玩笑的，」這男人說：「我只是想知道你是不是心有所屬。」

她沒有說話，但我從這段對話中知道她生命中的這個男人，並不是她兒子的父親。

有一天，她比平常早到。她說她辭掉銀行的工作，開始賣土地了，所以會有比較多空閒時間。我解釋說我不能早一點開始幫她上課，因為我有許多事要做。

「我可以把兩件事結合在一起：動與靜，享樂與專注。」

她走到車上，拿來她的卡式錄音機，於是從那天開始，雅典娜就在我們開始上課前先跳舞，而那個小男孩則繞著她，笑著跑來跑去。當她坐下來練習書法時，她的手比平常還平穩。

「文字有兩種，」我解釋，「第一種是很精準，但是缺乏靈魂。在這種情況下，雖然書寫者已經掌握了技巧，卻只專注於技術，因此文字沒有進化，而變得重複。他還沒有任何成長，因此有一天他可能會放棄書寫，因為他會覺得一成不變。

「另一種則是有絕佳的技巧，但是也有靈魂。唯有書寫者的意念與文字和諧一致，這才可能發生。在這種情形下，最哀傷的詩句也不再披著悲劇的外衣，而轉化成人生路上會遭遇的單純事實。」

「你的畫都拿去做什麼？」這孩子用標準的阿拉伯文問道。他或許不了解我們的對話，但他渴望分享他母親的工作。

「我把它們賣掉。」

「我也可以賣我的畫嗎？」

「你應該賣你的畫。有一天你會因此變得有錢，而能夠幫你媽媽的忙。」

他對我的評語很開心，便又回去做他正在做的事，畫出一隻隻五彩繽紛的蝴蝶。

「那麼我應該如何處理我寫的字？」雅典娜問。

「你已經知道維持正確的坐姿、安靜你的靈魂、保持清晰的意念，和尊重每個字的一筆一劃，需要什麼樣的努力。現在，你要繼續練習。在大量的練習之後，我們就不會再想到自己必須做的所有動作，它們就成為我們存在的一部分。但是在達到那個階段之前，你必須不斷練習和重複。如果這還是不夠，就做更多的練習和重複。

「你看鍛鐵的鐵匠。在未經訓練的人看來，他只是在重複相同的敲擊動作。但是受過書法藝術訓練的人都知道，鐵匠每次舉起槌子再敲下時，每一擊的力道都不相同。手重複著相同的姿勢，但是當它接近鑄鐵時，就知道它必須以多一點或少一點的力量碰觸鑄鐵。重複也是如此：看似相同，但每次都不同。你再也不須思考自己在做什麼的那一刻終將來臨。你本身就會變成筆畫、墨水、紙張，和字句。」

那一刻在將近一年後到來。那時候，雅典娜在杜拜已經成為知名人士，經常推薦客戶到我的帳篷用餐，而我也從這些顧客口中知道她的事業正一帆風順：她賣出了一塊塊沙漠中的土地！一天晚上，在一大群隨從的前導下，那位貴族親自光臨。我嚇了一大跳，我事前毫無準備，但是他要我放心，還謝謝我為他的員工所做的一切。

「她非常傑出，而她把她的特質都歸功於從你這裡學到的東西。我在考慮給她公司的一部分股份。我想，或許我應該派其他員工來學書法，尤其是雅典娜即將休假一個月。」

「這不會有用的。」我回答。「書法只是阿拉——願祂的名受祝福——放在我們眼前的方法之一。它教導我們客觀與耐心，尊重與優雅，但這些我們也可以從——」

「——從舞蹈中學到。」雅典娜說，她就站在旁邊。

「或經由買賣土地。」我補充。

當他們都離開了，小男孩也已經眼皮沉重地躺在帳篷一個角落時，我拿出書法用具，請她寫些東西。她寫到一半時，我從她手中拿走筆。是時候了，我必須說該說的話。我提議我們去沙漠中走走。

「你已經學會你需要學的一切了。」我說。「你的書法已經越來越個人而隨性。它已經不再是美麗的重複而已，而是個人的、創造的姿態。你已經了解了所有偉大畫家都了解的事：要忘記規則，就必須先了解並尊重規則。

「你不再需要幫助你學習的工具了。你不再需要紙張、墨水，或筆了，因為道路本身，比一開始讓你踏上這條道路的任何工具更重要。你告訴過我，教你跳舞的人過去必須在腦中想像音樂，但是即使如此，他還是能夠重複必要的旋律。」

「是。」

「如果所有字都連結在一起，就不會有意義，或者，至少會很難理解。字與字之間的空間是不可或缺的。」

她點頭。

「而你雖然已經掌握了字，卻還沒有掌握空白的空間。當你專注時，你的筆法完美，但是當你從一個字跳到下一個字，就變得不知所措。」

「你怎麼知道？」

「我說對了嗎？」

「完全正確。當我專注到下一個字之前，會有千萬分之一秒的時間，我會迷失自己。我不願意想到的事會凌駕了我。」

「而且你很清楚這些事是什麼。」

雅典娜知道，但是直到我們回到帳篷，當她能夠把睡著的兒子抱在懷裡，她才開口說話。她淚水盈眶，雖然她努力要控制自己。

「那位貴族說你要休假。」

她打開車門，把鑰匙插進開關，發動了引擎。有幾分鐘，只有引擎的噪音擾亂沙漠的寧靜。

「我知道你的意思。」她終於說。「當我在寫字、在跳舞時，是創造萬物的那隻手在引導我。當我看著睡著的維爾若，我知道他了解自己是我與他父親的愛的結晶，即使我已經一年多沒有見到他父親了。但是我——」

她再度陷入沉默。她的沉默是字與字之間的空白。

「——但是我不知道最初推著我的搖籃的，是哪隻手。是哪隻手將我寫在這世界的書上。」

我只是點頭。

「你覺得這重要嗎？」

「不一定。但是這樣說吧，就你而言，除非你觸摸到那隻手，否則你的書法不會再進步。」

「我不知道為什麼我要花力氣去找一個不曾花力氣愛我的人。」

她關上車門，微笑地開著車走了。雖然她最後說了這句話，但我知道她下一步會做什麼。

莎米拉・卡利，雅典娜的母親

就好像她事業上所有的成就、她賺錢的能力、她找到新愛人的喜悅，以及她陪伴自己的兒子——我的孫子——玩耍的滿足全都被放到其次的位置。當莎琳跟我說，她決定去找她的親生母親時，我完全嚇呆了。

當然，一開始，我安慰自己說，那個領養中心一定早就不在了，文件資料也不復存在，她遇到的官員必定會冷漠無情，而羅馬尼亞政府才剛垮台，到當地旅行幾乎不可能，而孕育她的子宮也必定早就消失了。但是這些慰藉都只是一時的：我的女兒什麼都做得到，她能克服任何看似不可能克服的阻礙。

直到當時，這個話題都還是家裡的禁忌。莎琳知道自己是被領養的，因為貝魯特的那位精神科醫師勸我在她大到可以了解時，就盡快告訴她。但是她從來沒有流露過她想知道自己是從哪裡來的。她的家鄉一直都是貝魯特，當那裡還是我們的家時。

我們一個朋友領養的兒子在十六歲時自殺，因為他父母生下一個妹妹。所以我們從來不曾再嘗試生一個自己的孩子，而且我們盡一切努力讓她覺得她是我們擁有快樂與悲傷、愛與希望的唯一理由。然而這一切似乎都不重要了。神哪，兒女可以多麼忘恩負義啊！

我了解我女兒，知道跟她爭執這件事毫無用處。我先生和我整整一星期無法成眠。每天早上、每天晚上，我們都被同一個問題不斷轟炸：「我是在羅馬尼亞的哪裡出生的？」更糟的是，維爾若一直哭個不停，彷彿他知道發生了什麼事。

我決定再去諮詢一位精神科醫師。我問他，為什麼一個擁有一切的年輕女孩會這麼不滿足。

「我們都想知道自己是從哪裡來的。」他說。「在哲學層面上，這是所有人都會有的最根本疑問。就你女兒的狀況而言，我想她會想去找她的根，也是完全合理的。如果是你，你不會想知道嗎？」

「不，我不想。而且正好相反，我認為去找一個在我還無法自己求生的時候，就遺棄我、離開我的人，是很危險的事。」

但是這個精神科醫師堅持己見：

「你與其與她對立，不如試著幫她。或許當她發現這對你而言不再構成問題，就會放棄了。這些年來遠離朋友的生活必定讓她產生了一種情感需求，她或許想藉由這樣挑釁你，來加以彌補。她只是想確定自己依舊被愛。」

如果莎琳自己去看精神科醫師就好了，她就能了解自己行為背後的原因。

「讓她知道你有信心，你不認為這是威脅。到頭來，如果她還是執意要去，就給她她需要的資訊。根據我的了解，她一直是個麻煩的孩子。或許在這次尋親後，她會變成比較堅強的人。」

我問這位精神科醫師有沒有孩子。他沒有孩子，這時我知道他不是適合提供我建議的人。

那天晚上，我們坐在電視前，莎琳又轉到這個話題：

「你在看什麼？」

「新聞。」

「為什麼？」

「看看黎巴嫩的情況怎麼樣。」我先生回答。

我看出其中的陷阱，但是已經太遲了。莎琳立刻緊咬住這個缺口。

「你看，你們都想知道你們出生的國家發生什麼事。你們已經定居在英格蘭，你們有朋友，爸爸賺很多錢，你們生活安定，可是你們還是會買黎巴嫩報紙。你們老是在不同的頻道轉來轉去，想找到一點點跟貝魯特有關的新聞。你們想像的未來就跟過去一樣，卻不明白這場戰爭永遠不會結束。我的意思是，如果你們無法與自己的根保持聯繫，就會覺得像是跟整個世界都失去了聯繫。那麼要你們理解我的感覺，有那麼困難嗎？」

「你是我們的女兒。」

「我也以此為榮。而且我永遠都會是你們的女兒。請不要懷疑我對你們的愛，或者我對你們所做的一切有多感激。我想要的只是有一個機會，能看看我出生的地方，或許能問問我的親生母親為什麼拋棄我，或者只是看著她的眼睛，什麼都不說。如果我不試試看，我會覺得自己是個懦夫，我也永遠不會了解留白的空間。」

「留白的空間？」

「我在杜拜時學了書法。我一有時間就跳舞，但是音樂必須要有停頓才能存在，句子必須要有留白的空間才能存在。當我在做一件事時，我會覺得自己完整，但是沒有人能一天二十四小時都在活動。而每當我停下來，我就覺得少了什麼東西。你們經常說我天生是個停不下來的人，但這不是我的選擇。我也想安靜地坐在這裡，看著電視，但是我沒辦法，我的腦袋停不下來。有時候我覺得自己快要瘋了。我必須不斷地跳舞、寫字、賣土地、照顧維爾若，或者讀我能找到的任何文字。你們覺得這是正常的嗎？」

「或許這只是你天生的個性。」我先生說。

這段對話就此結束，就像每次一樣，結束在維爾若號啕大哭，莎琳退回沉默中，而我則更加相信做子女的從來不了解父母為他們做了什麼。但是第二天吃早餐時，我先生再度提起這個話題。

「不久前，當你在中東時，我去探查了一下，是否有可能回去貝魯特。我回到我們過去住的那條街。房子已經不在了，但是儘管有外國軍隊占領，零星的入侵、衝突不斷，這個國家仍舊開始慢慢重建了。我當時有一種幸福的感覺。或許這是從頭開始的時候了。但就是『從頭開始』這幾個字讓我回到現實。我年紀大了，已經沒有本錢從頭開始了。現在我只想繼續做我目前做的事，我不需要任何新的冒險了。

「我去找了我以前工作之餘一起喝酒的朋友。他們大部分都已經離開，留下來的人則一直抱怨時時刻刻都覺得不安。我走過以前經常去的一些地方，卻覺得自己是個陌生人，似乎那裡的一切都不再屬於我了。最糟的是，當我回到自己出生的城市時，我發現自己終有一天能回來的夢，逐漸消失了。即便如此，那趟旅程仍是我需要的。離鄉背井的歌仍舊在我心裡迴響，但是我知道我再也不會回黎巴嫩定居了。從某個角度來說，在貝魯特的生活幫助我更了解我現在生活的地方，也讓我更珍惜在倫敦的每一刻。」

「爸，你想告訴我什麼？」

「我想說，你說得沒錯。或許你確實需要了解那些留白的空間。你不在的時候，我們可以幫你照顧維爾若。」

他走進臥室，回來時拿著夾著領養文件的黃色檔案夾。他把文件給了莎琳，吻了她一下，然後說他該去上班了。

賀倫・萊恩，記者

一九九〇年那一天的整個早上，我從飯店六樓的窗戶唯一能看到的，是中央政府大樓。一幅旗幟剛被矗立在屋頂上，清楚標示出那個滿腦子妄想的獨裁者在哪個位置搭上直升機試圖逃亡，卻在幾個小時後，被他壓迫了二十二年的人民處決。

西奧賽古計畫將布加勒斯特建設成超越華盛頓的首都，所以下令把所有老房子都夷為平地。事實上，布加勒斯特確實被諷刺地譽為全世界除了戰爭和天災以外，受創最嚴重的城市。

我到的那一天，曾嘗試跟我的翻譯員去散步，但是我在街上只看到貧窮、迷惑，和一種沒有未來、沒有過去、也沒有現在的感覺：這裡的人像生活在天堂和地獄之間的陰陽界，茫然不知他們的國家或世界上其他地方發生了什麼事。但我在十年後回來，看到這個國家從斷垣殘壁中站起來，領悟到人類能夠克服任何困難，羅馬尼亞人就是當中最好的一個例子。

但是在那一個灰暗的早晨，在飯店的灰暗大廳裡，我唯一關心的是我的翻譯員能否弄到一輛車和足夠的汽油，讓我為我正在進行的英國國家廣播公司的紀錄片做最後的調查。他去了很久，讓我開始不安起來。我終究只能放棄達成目標，打道回府回去英國嗎？我已經投資了可觀的金錢雇用歷史學家、請人寫劇本、拍攝訪談，但是英國國家廣播公司堅持要我造訪德古拉的城堡，看看它的現況，才肯簽下最後的合約。這趟旅行的花費遠超出我的預期。

我嘗試打電話給我女友，但是被告知得等上將近一個鐘頭才會有線路可用。我的翻譯員隨時可能帶著車回來，一分一秒都不能浪費，於是我決定不冒險等候。

我到處詢問能不能買到英文報紙，但是根本沒有英文報紙可買。為了讓自己不再如此焦慮，我開始四處張望，盡可能謹慎地觀看四周喝著茶的人，他們對去年發生的一切可能都已經遺忘——人民叛變，提密索拉的平民遭到冷血謀殺，窮途末路的特務機關為了抓住快速從手中溜走的權力，與民眾在街上槍戰。我注意到一群人中有三個美國人、一個模樣奇怪的女人卻全神貫注地讀著一本時尚雜誌，還有幾個男人圍坐在一張桌子旁，用我無法辨識的語言大聲說話。

我正要再度站起來，到門口去看看有沒有翻譯員的影子，她就在這時候進來了。她看來頂多二十歲出頭（編按：雅典娜是在二十三歲時前往羅馬尼亞）。她坐下來，點了早餐，我注意到她說英文。其他在場的男人似乎都沒有注意到她出現，但是另一個女人卻暫停閱讀。

可能是因為焦慮，也可能是因為這個地方開始讓我感到消沉，我鼓起勇氣，走向她。

「抱歉打擾你，我不常這樣，我一向覺得早餐是一天最私密的一餐。」她微笑，告訴我她的名字，我立刻警戒起來。這太容易了——她可能是個妓女。但是她的英文非常標準，穿著也很得體。我決定不問任何問題，而開始長篇大論地談論我自己，同時注意到隔壁桌的那個女人已經放下雜誌，聽著我們的對話。

「我是個獨立製作人，幫倫敦的英國國家廣播公司工作，現在我得想辦法去特蘭斯伐尼亞——」

我注意到她眼中的光芒一閃。

「——才能完成我手上這部關於吸血鬼傳說的紀錄片。」

我等著。這個話題向來都會撩起別人的好奇心，但是我一提到此行的目的，她立刻就失去了興趣。

「你得搭巴士才行。」她說。「但是我懷疑你會找到你想找的。如果你想對德古拉多一點了解，不如看那本書，那個作者甚至根本沒來過羅馬尼亞。」

「那你呢？你了解特蘭斯伐尼亞嗎？」

「我不知道。」

這不算是答案，或許是因為英文並不是她的母語——即便她有英國口音。

「但是我也要去那裡，」她繼續說：「當然是搭巴士去。」

從她的衣著來看，她不會是旅行全世界各地、到處造訪奇特地方的探險家。她可能是妓女的念頭再度升起，或許她是想要接近我。

「你想搭便車嗎？」

「我已經買票了。」

我認為她一開始的拒絕只是遊戲的一部分，因此繼續堅持。但她再度拒絕，說她必須單獨進行這趟旅行。我問她來自哪裡，她停了許久才回答。

「我剛說過，特蘭斯伐尼亞。」

「你剛剛並沒有這麼說。但如果是這樣，那麼或許你可以幫忙我找拍這部片的一些地點，而且——」

我的潛意識要自己多探索一下這片領域，因為即使她可能是妓女的念頭還在我腦袋裡嗡嗡作響，我仍舊非常、非常希望她能與我同行。她禮貌地拒絕了我的提議。另一個女人在這時候加入了對話，彷彿想要保護這個比較年輕的女人，於是我覺得自己似乎妨礙了別人，便決定離開。

我的翻譯員出現了，說他已經做好所有必要的安排，但是（如我預料）要花很多錢。我上去我的房間，抓起之前就收好的行李箱，鑽進那輛破破爛爛的俄國車，駛上幾乎空無一人的漫長路途，同時意識到我帶著上路的不只是我的小照相機、我的財物、我的焦慮、幾瓶礦泉水、幾個三明治，還有堅持不肯離開我腦海的某個人的影像。

接下來幾天，當我試著拼湊德古拉這個歷史人物，就吸血鬼傳說這個話題訪問當地人和學術專家時（結果就如預料的，徒勞無功），我逐漸發現，我已經不再只是想為英國電視台製作一部紀錄片了。我想再見到我在布加勒斯特一間飯店的咖啡廳裡遇到的，那個傲慢冷淡、獨立自主的年輕女人。她此刻應該就在附近。除了她的名字之外，我對她一無所知，但是就像傳說中的吸血鬼一樣，她正在吸取我的能量。

在我的世界裡，在與我共同生活的人的世界裡，這種想法多麼荒謬、愚蠢、難以接受。

狄德麗・歐尼爾，人稱艾達

「我不知道你為什麼來這裡，但是不論你的目的是什麼，都必須貫徹到底。」

她看著我，顯得很驚訝。

「你是誰？」

我開始談起之前看過的那本雜誌，過了一會，跟她同坐的那個男人決定起身離開。這時我才能告訴她我是誰。

「如果你是指我怎麼謀生，我幾年前取得了醫師執照，但是我想這不是你想要的答案。」

我停頓了一下。

「但是你接下來要做的，是藉著巧妙的提問，找出我在這個剛從多年恐怖壓迫中復甦的國家做什麼。」

「那我就直接問了。你為什麼來這裡？」

我可以說：我來參加我的導師的喪禮，因為我覺得他值得我特地前來致意。但此時就觸及這個話題，似乎太過輕率。她對吸血鬼或許顯得興趣缺缺，但是「導師」這個字眼肯定會引起她的注意。我的誓言不容許我說謊，因此我只說了一半的事實。

「我想來看看一個名叫密歇爾．伊里亞德的作家生前住過的地方。你可能從來沒聽過伊里亞德，但大半生在法國度過的他，卻是神話方面的世界權威。」

這年輕女人看著她的錶，似乎不感興趣。我繼續說：

「他研究的傳說並不是吸血鬼之類的，而是關於——這麼說吧，是關於那些與你追尋同樣道路的人。」

她本來正要喝一口咖啡，卻停了下來：

「你是政府派來的嗎？還是被我父母派來跟蹤我的？」

這時輪到我不確定該不該繼續這段對話了。她的反應流露出莫名的攻擊性。但是我可以看到她的靈氣、她的焦慮。她很像那個年齡時的我：有許多內在與外在的傷，促使我想去治療別人生理上的病痛，也幫助他們找到靈性的道路。我想說：「親愛的，你的傷口會幫助你。」然後拿起我的雜誌離開。

如果我當時這樣做，雅典娜的道路將會完全不同，她現在還會活著，與她愛的男人生活在一起。她會帶大她的兒子，看著他長大成人、結婚、生一大堆小孩。她會變得富有，可能擁有一家買賣房地產的公司。她有尋找成功和幸福所需的一切特質。她受了夠多的苦，足以把她的傷疤轉化成她的優勢，她終將能控制自己的焦慮而向前走，這只是時間的問題。

那麼是什麼讓我繼續坐在那裡，試圖讓對話延續？答案非常簡單：好奇心。我不了解這道燦爛的光芒在這冰冷的旅館大廳做什麼。

我繼續說：

「密歇爾．伊里亞德寫的書，書名都很奇怪，例如《神祕主義、巫術，與文化潮流》，或《神聖與褻瀆》。我的導師（我無意間說出了這個字，但是她要不是沒仔細聽，就是假裝沒有留意到）很喜歡他的著作。我只是覺得你也會對這個主題有興趣。」

她又瞄了一眼她的手錶。

「我要去西比奧。」她說。「我的巴士一小時內就要開了。我要去找我母親，或許這就是你想知道的。我在中東當土地仲介，我有個快滿四歲的兒子，我離婚了，我父母住在倫敦。當然我指的是我的養父母，因為我在嬰兒時就被拋棄了。」

她的感知狀態顯然相當受到開發，也認同了我的身分，雖然她自己還沒有察覺。

「是，這就是我想知道的。」

「你需要跑這麼遠來研究一位作家嗎?你住的地方沒有圖書館嗎?」

「事實上,伊里亞德在羅馬尼亞只生活到他大學畢業為止。所以,如果我真的想多了解他的作品,應該去巴黎、倫敦,或去他臨終前生活的芝加哥。但是我現在做的,不是一般所謂的那種研究:我是想親眼看看他生根成長的地方。我想感覺是什麼事物給他啟發,讓他寫出影響我一生、影響我尊敬的許多人一生的著作。」

「他也寫關於醫藥方面的書嗎?」

我最好不要回答這個問題。我發現她已經察覺「導師」這個字眼,而認定這一定跟我的職業有關。

這位年輕女子站了起來。我覺得她知道我在說什麼。我可以看到她的光比之前更耀眼。只有當我接近跟我自己很像的人,我才會達到這種感知狀態。

「你願意陪我去巴士站嗎?」她問。

非常願意。我的飛機要到當天晚上才飛,我眼前面對的是無聊漫長的一整天。這樣我至少有一段時間有人可以講話。

她上樓去,回來時手上提著行李箱,腦袋裡則有一連串的問題。我們一離開旅館,她就開始提問。

「我可能再也不會見到你，」她說：「但是我覺得我們有某種共同點。既然這可能是我們這一世最後一次談話的機會，你願意直截了當地回答問題嗎？」

我點頭。

「根據你讀的這些書，你相信我們可以藉由跳舞進入一種類似靈魂出竅的狀態，而看到一種光嗎？而且那道光不會告訴我們任何事——只會讓我們知道我們是快樂或悲傷嗎？」

好問題！

「當然，而且這不只會經由跳舞發生，任何幫助我們集中注意力，分離身體與心靈的事都可以做到，例如瑜珈、禱告，或佛教的冥想。」

「或書法。」

「這我沒有想過，但也是可能的。在這樣的時刻，當身體釋放靈魂時，靈魂不是上升到天堂，就是下降到地獄，端看這個人的心理狀態而定。無論是哪種情況，它都會學到它需要學的：去摧毀或去療癒。但是我對個人的道路已經沒有興趣。在我的傳統裡，我需要——你在聽我說話嗎？」

「沒有。」

她在馬路中央停下來，盯著一個看起來像是被遺棄的小女孩。她正要把手伸進袋子裡。

「別這樣。」我說。「你看街對面那個女人，那個眼神很殘酷的女人。她把那女孩放在那裡，只是為了——」

「我不在乎。」

她拿出幾枚硬幣。我抓住她的手。

「我們買點東西給她吃。這樣比較有用。」

我請那個小女孩跟我們去一間酒館，然後買了一個三明治給她。這小女孩微笑著謝謝我。街對面那個女人的眼睛似乎閃爍著憎恨，但是走在我身邊這年輕女人的灰色眼睛第一次帶著敬意看著我。

「你剛剛在說什麼？」她問。

「那無關緊要。你知道幾分鐘前你發生了什麼事嗎？你進入了一種出神狀態，就像你的舞蹈引起的狀態。」

「不，你錯了。」

「我沒說錯。某個東西碰觸到你潛意識的心靈。或許你看到如果你沒有被領養，你自己也會是這樣——在街上乞討。在那一刻，你的大腦停止反應。你的靈魂離開了你，下到地獄去，見到來自過去的惡魔。就因為這樣，你沒有注意到街對面的那個女人——你進入了出神狀態，一種混亂無章的出神狀態，促使你去做理論上很好，但實際上毫無用處的事。就像你處在——」

「——在字與字之間的留白空間。在一個音符結束而下一個音符還沒有開始的那一刻。」

「沒錯，而這種出神狀態可能很危險。」

我就要脫口而出：「這是由恐懼引發的出神。這會痲痹一個人，讓他無法反應；他的身體不會反應，靈魂也不再存在。你很害怕如果命運沒有把你父母放在你的人生道路上，你會發生什麼事。」但是她已經把行李箱放在地上，站在我面前。

「你是誰？你為什麼要說這些話？」

「身為醫生的時候，別人叫我狄德麗．歐尼爾。很高興認識你，請問你的名字？」

「雅典娜，但是根據我的護照，我應該叫莎琳．卡利。」

「誰給你取雅典娜這個名字？」

「不是什麼重要的人。但是我不是問你的名字，我是問你是誰，為什麼要跟我說話。還有為什麼我也覺得需要跟你說話。只是因為我們是那個咖啡廳裡唯一的兩個女人嗎？我想不是。而且你跟我說的話，讓我了解了我的人生。」

她再度拿起行李，我們繼續走向巴士站。

「我也有另一個名字——艾達。但這不是偶然挑選的名字，我也不認為我們的相遇是出於偶然。」

我們來到巴士站門口，各式各樣的人出出入入——穿著制服的軍人、農人，還有打扮像還在一九五〇年代的漂亮女人。

「如果不是出於偶然，那是因為什麼？」

她的巴士還有半個小時才開，而我可以說：「是大地之母。一些被選擇的靈魂會散發出特別的光，而且會互相吸引，而你——莎琳或雅典娜——就是這些靈魂之一，但是你必須非常努力，才能讓這股能量對自己有好處。」

我也可以解釋她正在遵循女巫的典型道路——透過各自不同的個性，尋求與上方或下方的世界接觸，但最後只會摧毀自己的人生——她服務別人，散發能量，卻沒有得到任何回報。

我也可以解釋，雖然每一條道路都不同，但總有一個地方，大家可以聚在一起，共同歡慶，討論彼此的差異，準備迎接大地之母的重生。我可以告訴她，與神聖之光的接觸是每個人所能經歷的最偉大的現實，但是在我所在的傳統裡，任何人都不能單獨進行這種接觸，因為我們受了幾百年的壓迫，這教會我們許多事。

「你要不要喝杯咖啡，一邊陪我等巴士？」

不，我沒有說。在這個階段，我若說出這些話，只會遭到誤解。

「我曾在人生中遇到一些很重要的人，」她繼續說：「例如我的房東，或我在杜拜附近的沙漠認識的書法家。誰曉得？或許你可以告訴我一些話，讓我跟他們分享，回報他們教我的一切。」

所以她在人生中已經有過導師——太好了！她的靈魂已經成熟。她唯一需要的就是繼續她的訓練，否則她終究會失去她已經獲得的一切。但我是正確的人嗎？

我請求大地之母給我啟示，告訴我該怎麼做。我沒有得到回答，這並不讓我意外，每次該由我為決定負責時，她總是這樣。

我拿了名片給雅典娜，也向她要她的名片。她給了我一個在杜拜的地址，我可能無法在地圖上找到這個國家。

我決定嘗試開個玩笑，進一步測試她：

「三個英國人居然會在布加勒斯特的一間咖啡廳相遇，可以算是一種巧合吧？」

「嗯，從你的名片看來，你是蘇格蘭人。我遇到的那個男人顯然是在英格蘭工作，不過我不知道他其他的事。」

她深深吸了一口氣。

「而我則是——羅馬尼亞人。」

我說了一個藉口，說我必須趕回旅館收拾行李。

現在她知道該去哪裡找我了。如果命運註定我們會再次相遇，我們就會再見。

最重要的是讓命運介入我們的人生，決定對每個人而言，什麼是最好的。

佛修「布夏洛」，六十五歲，餐廳老闆

這些歐洲人來到這裡，自以為無所不知，自以為該受到最好的待遇，自認有權問我們一大堆問題，而我們有義務要回答。另一方面，他們以為只要給我們一些拐彎抹角的名字，像是「流浪著」或「羅姆人」，就能把他們過去對我們做的許多錯事彌補過來。

他們為什麼不乾脆叫我們吉普賽人，然後別再說那些故事，讓我們在世人眼中像是被詛咒的民族？他們指控我們是一個女人和魔鬼私通生下的後代。他們說是我們族人造的釘子，把耶穌釘在十字架上，還說我們的車隊經過時，做母親的都要提高警覺，因為我們會把小孩子偷走，奴役他們。

就因為這樣，歷史上發生過許多次大屠殺：中古世紀時，我們被當作巫師獵捕，德國法庭甚至有好幾百年都不接受我們的證詞。我在納粹橫掃歐洲之前出生，曾親眼看著我父親被趕去波蘭的一個集中營，衣服上面縫了一個代表恥辱的黑色三角形。在被送去當奴工的五十萬個吉普賽人當中，只有五千人存活下來，能說出發生的事。

但是沒有人，沒有任何人，願意聽這些。

直到去年，在這個連上帝都遺棄的地方，在我們大多數部落決定定居的這裡，我們的文化、宗教，和語言還是被禁止的。如果你問城市裡任何一個人，他們對吉普賽人的看法，他們一定立刻回答：「他們都是小偷。」不論我們多麼努力要過正常生活，停止到處流浪，不再生活在容易被辨認出來的地方，種族歧視仍舊存在。我的孩子被迫坐在教室的最後面，而且沒有一個禮拜不被人欺負。

然後別人又抱怨我們不直接了當的回答問題，說我們試圖偽裝自己，說我們不坦白承認自己的出身。我們為什麼要這麼做？所有人都知道吉普賽人長什麼樣子，也都知道如何「保護」自己，以免被我們「詛咒」。

當一個看來趾高氣昂，學識良好的年輕女人出現，微笑著宣稱她屬於我們的文化和血統時，我立刻起了戒心。她很可能是安全局派來的，那些祕密警察聽命於那個瘋狂的獨裁者——那個國家領袖，喀爾巴阡山脈的天才，世界的領導人。他們說他已經被送法庭審判並槍決了，但我才不相信。他的兒子可能暫時從檯面上消失，但他在這些地方仍舊是很有勢力的人物。

但這個年輕女子很堅持；她微笑著，好像她說的是很有趣的事，還說她母親是吉普賽人，她想要找她。她知道她的全名。沒有安全局的幫忙，她怎麼可能拿到這種資訊？

我知道最好不要惹火有政府關係的人。我告訴她我一無所知，還說我只是個想正正當當過日子的吉普賽人，但是她聽不進去：她要找她母親。我知道她母親是誰，我也知道二十多年前她生了一個孩子，把孩子送到一家孤兒院，從此再也沒有孩子的消息。

我們不得不收容她母親，因為一個自認為是世界主宰的鐵匠堅持要我們這麼做。但是誰能保證這個站在我面前，有學識教養的年輕女人真的是莉莉安娜的女兒？在她嘗試尋找自己的母親之前，至少應該尊重我們的一些習俗，如果這天不是她的大喜之日，她就不該穿著紅衣出現。她也應該穿長一點的裙子，才不會撩起男人的慾望。她的態度也該恭敬一點。

我用現在式講她的事，是因為對旅行的人而言，時間並不存在，只有空間存在。我們來自遙遠的地方，有人說來自印度，有人說是埃及，但事實是，我們隨時帶著過去，就像剛發生一樣。迫害也持續存在。

這年輕女人努力表現得和善，要顯示她了解我們的文化，但這根本無關緊要。畢竟她本來就「應該」知道我們的傳統。

「鎮上的人告訴我你是一位長老——倫巴洛。我來這裡之前了解了很多我們的歷史——」

「請不要說『我們的』歷史。這是我的歷史，我的太太、我的小孩、我的部落的歷史。你是個歐洲人。你沒有像我一樣，五歲時在街上被人用石頭砸過。」

「我想情況正在好轉。」

「情況永遠都在好轉，然後又會突然惡化。」

但是她保持著微笑。她點了一杯威士忌。我們的女人絕不會這樣做。如果她來這裡只是為了喝杯酒，找人聊天，我會像對其他顧客一樣對待她。我已經學會表現得親切、和善、謹慎，因為我做生意得靠這些。如果客人想知道更多關於吉普賽人的事，我會提供一些有趣的事實，請他們留下來聽之後演奏的樂團，對我們的文化加以評論，然後他們離開時就會自以為對我們瞭若指掌。

但這女人不是一個遊客而已：她說她屬於我們的種族。

她再度給我看她從政府拿來的證明書。我可以相信政府會殺人、偷竊、說謊，但是不會冒險給予假的文件，所以她必定真的是莉莉安娜的女兒，因為那張證明書有她的全名和地址。我從電視上知道，那個來自喀爾巴阡山脈的天才、人民之父、我們的國家領導人，那個把我們的食物全部出口、讓我們挨餓的人，那個住在皇宮裡用鍍金餐具、而讓人民死於飢荒的人，那個人和他那卑劣的老婆以前經常派安全局去孤兒院物色嬰兒，用來訓練成國家的殺手。

但是他們只要男孩子，從來不要女孩子。或許她真的是莉莉安娜的女兒。我又看了那張證書一次，不知道該不該告訴她，她母親在哪裡。莉莉安娜有權見到這個自稱是「我們一分子」的知識分子。莉莉安娜有權看著這女人的眼睛。我想她背叛族人，跟「葛貨」（編按：gaje，指外族人）上床，讓她父母蒙羞時，已經受了夠多的苦。或許時候到了，她的苦難該結束了，她應該看到她女兒活下來，變得富有，說不定還能幫助她脫離現在的貧窮生活。

或許這個年輕女人會付錢給我交換這個訊息，或許我們的部落也能從中得到一點好處，因為我們生活在一個令人混亂的時代。大家都說那個來自喀爾巴阡山脈的天才已經死了，他們甚至拿出他被處決的照片，但是，誰知道，說不定他明天就會出現，結果這都是他設計的狡猾騙局，只為了找出誰站在他這邊，而誰打算背叛他。

樂手馬上就要開始表演，所以我最好趕緊談正事。

「我知道哪裡可以找到這個女人。我可以帶你去找她。」我的語氣變得比較和善。「但是我想這消息應該有點價值。」

「我有準備。」她說著，拿出一筆錢，遠超過我本來想要求的金額。

「這連計程車錢都不夠。」

「等到了目的地，我會再付一筆同樣的金額。」

這時候我發現她第一次覺得猶豫。她似乎突然對她將做的事感到害怕。我抓起她放在吧台上的錢。

「我明天帶你去見莉莉安娜。」

她的手顫抖著。她又點了一杯威士忌，但是突然一個男人走進酒吧，看到她，臉色立刻漲紅，而筆直朝她走來。我推測他們昨天才剛認識，但兩個人講起話卻像老朋友一般。他的眼中充滿慾望。她完全清楚這點，並鼓勵他。這男人點了一瓶葡萄酒，兩人便到一張桌子坐下，彷彿她已經完全忘記她母親的事。

但是我想要另一半的錢。我送上他們的酒時，告訴她我早上十點鐘在她的飯店等她。

賀倫・萊恩，記者

喝完第一杯酒後，她就自己提起她有個在蘇格蘭警場工作的男友。這當然是假的。她一定讀到了我的眼神，想藉此拒我於千里之外。

我告訴她我有個女朋友，這樣我們就扯平了。

音樂演奏開始後十分鐘，她站了起來。我們話很少——她完全沒有詢問我對吸血鬼的研究，我們只交談了一些普通的事：我們對這城市的印象，抱怨路況等。但是我接下來看到的——或者說，是整個餐廳所有人看到的——卻如散發萬丈光芒的女神親自降臨，也如女祭司呼喚著天使與魔鬼。

她閉上眼睛，似乎不再意識到自己是誰，身在何處，或為何在這裡；彷彿她飄浮起來，同時召喚她的過去，揭露她的現在，並預告她的未來。她融合了情慾與貞節，情色與神啟，對上帝的崇拜和對大自然的膜拜，這些全都同時發生。

所有人都停止吃東西，看著發生的事。她已經不再遵循著音樂，而是樂手們試著跟上她的腳步。位於西比奧市一座古老建築地下室的餐廳，頓時化為一座埃及神殿，女神艾西絲的信徒從前就聚集在神殿進行祈求生育繁衍的儀式。烤肉和葡萄酒的氣味轉化成一種香氣，把我們所有人都引入同樣的出神狀態，一同經歷離開塵世，進入未知領域的經驗。

弦樂器和管樂器都已經放棄，只剩打擊樂聲繼續。雅典娜跳舞的樣子像是已經不存在這裡，汗水滑下她的臉頰，她的赤腳敲擊著木地板。一個女人站起來，非常輕柔地把一條圍巾綁在她的脖子和胸部，因為她的胸罩眼看就要從她的肩膀滑下來。但是雅典娜似乎完全沒有留意；她此刻存在於其他的時空，感受著其他世界的邊界，這些世界幾乎要碰觸到我們的世界，卻始終不對我們顯露。

餐廳裡其他人開始跟著音樂拍手，而雅典娜則越跳越快，吸取那股能量，旋轉又旋轉，在虛空中平衡著，同時抓走我們這些可憐的凡人想要獻給這位至高女神的任何東西。

突然她停了下來。所有人都停下來，包括打擊樂手。她的眼睛仍舊閉著，但淚水此刻滾落到她的胸口。她高舉雙手到空中，大喊：

「我死的時候，讓我站著下葬，因為我這一生都跪著！」

沒有人說話。她張開眼睛，彷彿從深深的睡眠中醒來，然後像是什麼事都沒發生似的走回桌子。樂團再度開始演奏，一對對男女走向舞池，想跳舞盡興，但是整個地方的氣氛已經改變。大家很快都付了帳單，開始離開餐廳。

「你還好嗎？」我看到她的身體從跳舞的疲憊中恢復過來，開口問她。

「我覺得害怕。我發現了如何到達一個我不想去的地方。」

「你要我陪你去嗎？」

她搖頭。

在接下來幾天，我完成了為那部紀錄片所做的研究，送我的翻譯員搭雇來的車回布加勒斯特，然後繼續留在西比奧，完全是為了想再見到她。我這一生都遵循著理性而活，我也知道愛是可以被建立的，而非只需要被發現而已，但是我覺得如果我再也見不到她，我會把自己人生很重要的一部分遺留在特蘭斯伐尼亞，即便我可能要很久以後才領悟到這點。我努力對抗那漫長時間的單調無聊；我不只一次到巴士站察看開往布加勒斯特的時刻表；我超過我這個獨立製片微薄預算容許的範圍，花許多錢打電話給英國國家廣播公司和我的女友。我解釋說，我還沒有收集到所需要的全部資料，還欠缺幾樣東西，說我可能還需要一天甚至一星期。我說羅馬尼亞人很難相處，只要有人把他們美麗的特蘭斯伐尼亞跟恐怖的德古拉故事連結在一起，就會很不高興。最後我終於說服製作群，他們同意讓我繼續待在這裡，即使我實際上並不需要這麼長的時間。

我們都住在這個城市唯一一間旅館，而有一天她在大廳遇到我，似乎突然記起我們第一次的相遇。這一次，她邀我出去，我極力隱藏自己的喜悅。或許我當時在她生命中確實是重要的。

後來我才知道，她跳完舞時說的那句話，是一句古老的吉普賽諺語。

莉莉安娜，裁縫，年齡與姓氏不詳

我用現在式說，因為對我們而言，時間並不存在，只有空間存在。而且那一切都像昨天才發生的。

根據部落的習俗，雅典娜出生的時候，我的男人應該在我身邊，但我沒有遵循這項習俗。接生婆知道我跟一個「葛貨」，一個外族人睡覺，但還是來幫我。她們放開我的頭髮，剪斷臍帶，綁了幾個結，然後把寶寶交給我。這時候，根據傳統，這孩子應該用她父親的衣物包起來；他留在我身邊的一條圍巾有他的味道，有時候我會把圍巾緊貼在鼻子上，感覺他在我身邊，但是這香氣將永遠消失了。

我把嬰兒包裹在圍巾裡，然後把她放在地上，讓她可以接受土地的能量。我陪著她，不知道該有什麼感覺或想法。我的心意已決。

接生婆叫我選一個名字，但不要告訴任何人——這名字必須在孩子受洗後才能宣布。她們給我聖油和護身符，讓她在出生後兩個星期內掛在脖子上。其中一個接生婆叫我不要擔心，整個部落都對我的孩子有責任，雖然我會受到很多批評，但是很快都會過去。他們也勸我不要在黃昏和黎明之間出門，因為「噬凡戾」（編按：

tsinvari，意指惡靈）可能會攻擊我們，附身在我們身上，讓我們的人生從此成為悲劇。

一個星期後，等到太陽一升起，我就來到西比奧的一間領養中心，把她放在門口，希望某個好心人會領養她。當我這麼做時，一個護士當場發現，把我拉到裡面去。她用各種方式羞辱我，還說他們對這種行為已經司空見慣，但是隨時都有人在監視，而我不能這麼輕易地逃避把一個孩子帶到世界上的責任。

「但是，當然了，吉普賽人都是這樣！就這樣隨便地拋棄自己的孩子！」

我被迫在一張表上填寫自己的詳細資料，而因為我不會寫字，她於是又不只一次地說：「喔，是啊，吉普賽人都是這樣。你別想騙我們，給假的資料。如果你敢說謊，就可能被關到監獄裡去。」純粹因為恐懼，我告訴他們實話。

之後我在森林裡走了好幾個小時。我記起我在懷孕時的許多個夜晚，曾經對這孩子，還有把這個孩子放入我體內的男人，覺得又愛又恨。

跟所有女人一樣，我也曾夢想有一天遇到一個王子，他會娶我，給我許多孩子，悉心呵護我們的家。但跟許多女人一樣，我愛上了一個無法給我這些東西的男人。但是我與他共度了一些難忘的時光，而我的孩子永遠不會了解這些時光，因為她在我的部族裡，永遠會背負著外族人和私生子的污名。我自己可以承受這些，但是我不想要她承受我從發現自己懷孕開始就承受的痛苦。我哭泣，抓破皮膚，希望傷口的疼痛或許能讓我不再去想如何回到正常的生活，而能夠面對我帶給部族的羞辱。會有人照顧這個孩子，而我也永遠都會抱著希望，期盼她長大後，有一天能再見到她。

我無法停止哭泣，只能坐在地上，雙手環抱住一棵樹的樹幹。但是當我的淚水和傷口流出的血碰到樹幹，一股奇異的平靜頓時籠罩了我。我好像聽到一個聲音叫我不要擔心，說我的血和淚已經洗滌了這孩子的道路，也減輕了我的痛苦。從那之後，每次我感到絕望，就會想起那個聲音，再度感到平靜。

正因為這樣，當我看到她跟我們部落的倫巴洛一起到來時，並不覺得驚訝。倫巴洛跟我要了一杯咖啡和一杯酒，然後狡猾地微笑了一下，就離開了。那個聲音告訴過我她會回來，現在她回來了，就在我面前。她很漂亮，長得像她爸爸。我不知道她對我有什麼感覺，或許她會因為我拋棄她而恨我。我不必對誰解釋我為什麼這樣做；永遠不會有人了解的。

我們彷彿坐了一輩子，兩個人都沒有說話，只是互相看著——沒有微笑，沒有哭泣，什麼都沒有。潮水般的愛從我靈魂深處湧起，但是我不知道她是否有興趣知道我的感覺。

「你餓嗎？要不要吃點東西？」

本能。本能勝過一切。她點頭。我們走進我生活的小房間，這裡是客廳、臥室、廚房，和縫紉工作室。她環顧四周，驚訝不已，但我假裝沒發現。我走到爐子前，端著兩碗濃稠的肉和蔬菜燉湯回來。我也煮了一些很濃的咖啡，而當我要加糖時，她第一次開口：

「我不用糖，謝謝。我不知道你會說英文。」

我差點說我是跟她父親學的，但是我及時住口。我們沉默地吃著，隨著時間過去，我開始覺得一切都很熟悉；我跟我女兒在這裡；她離開我的世界，而現在她回來了；她循著跟我不同的道路而去，但她回家了。我知道這只是我的幻覺，但是人生給了我這麼多充滿殘酷現實的時刻，偶爾做一點夢不會有什麼壞處。

「那個聖人是誰？」她指著牆上的一幅畫問。

「聖莎拉，是吉普賽人的守護神。我一直都想去看她在法國的教堂，但我沒辦法出國。我永遠不可能拿到護照或許可——」

我正要繼續說：「就算我拿到了，也沒有錢可以去。」但是我及時阻止了自己。她可能會以為我想跟她要什麼。

「——而且我的工作也做不完。」

沉默再度降臨。她喝完了湯，點了一支香菸，眼中沒有流露任何神情，沒有任何情緒。

「你想過你會再見到我嗎？」

我說我想過，還說我昨天已經從倫巴洛的太太那裡，聽說她去了他的餐廳。

「暴風雨快來了。你想不想睡一下？」

「我沒有聽到什麼聲音。風並沒有比之前強或弱。我寧可說話。」

「相信我，我有全世界的時間。我下半輩子都可以陪在你身邊。」

「不要這樣說。」

「——但是你累了。」我繼續說，假裝沒聽到她的回應。我可以看到暴風雨接近。就跟所有暴風雨一樣，它會帶來毀滅，但是同時也會浸溼田野，而上天的智慧會隨著雨水降下。就像所有暴風雨一樣，它也會過去。它越是猛烈，就會越快離開。

感謝神，我已經學會度過暴風雨。

彷彿所有來自海上的聖瑪麗都聽到我的祈禱，雨水開始落在鐵皮屋頂上。這個年輕女人抽完菸。我牽起她的手，帶她來到我的床邊。她躺下來，閉上了眼睛。

我不知道她睡了多久。我看著她，什麼也不想，而我在森林裡聽過的那個聲音告訴我一切都很好，我不需要擔憂，命運改變人的方式永遠都是好的，只要我們懂得如何理解它。我不知道誰把她從孤兒院救出來，誰把她扶養長大，讓她成為現在這個看來獨立自主的女人。我替這家人禱告，感謝他們讓我女兒活下來，而且獲得更好的人生。但是在禱告中，我感到忌妒、絕望、悔恨，於是我不再對聖莎拉說話。把她帶回來真的有這麼重要嗎？這裡躺著我所失去而永遠不能復得的一切。

但是眼前躺著的，也是活生生的我的愛的證明。我一無所知，但萬事萬物卻都對我顯露：我記起我一開始考慮自殺，以及後來考慮墮胎的時候，曾經想像自己離開世界的這個角落，用雙腳走到我的力氣所及的任何地方；我記起我流在樹幹上的血與淚，記得我與大自然的對話從那時候開始越來越強，而且再沒有離開過我，雖然部族裡幾乎沒有人知道這件事。我的保護者，我在森林裡遊蕩時遇到的那個人，他了解，但是他已經過世。

「那光搖曳不定，風會吹熄它，閃電會點燃它，它不會一直存在那裡，像太陽一樣閃耀，但是它值得你奮戰。」他以前常說。

只有他接受我，並說服族人，讓我再度成為他們世界的一部分。只有他具有足夠的道德權威，能確保我不被逐出部落。

但是，唉，也只有他永遠不會認識我的女兒。當這個必定習慣擁有全世界最舒適享受的女孩在我的床上睡著時，我不禁為他哭泣。千萬個問題塞滿我的腦子——誰領養了她，她住在哪裡，她是不是上過大學，她有沒有愛人，她接下來有什麼打算？但我沒有跋涉千里去找她。情況恰恰相反。我不該問問題，我該回答問題。

她睜開眼睛。我想撫摸她的頭髮，想給她這麼多年來我一直鎖在心底的情感，但是我不確定她會有什麼反應，所以我想還是什麼都別做的好。

「你來是想知道——」

「不，我不想知道為什麼一個母親會拋棄自己的女兒。任何人都沒有理由這麼做。」

她的話傷了我的心，但我不知道如何回應。

「我是誰？我的血脈裡流著誰的血？昨天，當我發現你在這裡時，我嚇壞了。我要從哪裡開始？我想，你跟所有吉普賽人一樣，都可以用紙牌預知未來吧？」

「不，那是假的。我們只有對外族人這樣做，為了混口飯吃。在自己的部族裡，我們從來不看紙牌，或看手相來預知未來。而你——」

「——我也是部族的一分子，即使把我帶到這世上的女人把我送到很遠的地方。」

「是的。」

「那我在這裡做什麼？我現在看過你的臉，就可以回倫敦了。我的假期快結束了。」

「你想知道你父親的事嗎？」

「不，我對他一點興趣也沒有。」

突然間，我明白我可以幫助她。彷彿另一個人的聲音從我口中說出來。

「試著了解流在你身體裡，還有你心裡的血脈。」

那是我的導師經由我在說話。她再度閉上眼睛，睡了將近十二個小時。

第二天，我帶她去西比奧城外，一個展示這個地區各樣式房屋、類似博物館的地方。我第一次享受到幫她準備早餐的快樂。她有了充分的休息，比較不那麼緊繃，也問了我許多關於吉普賽文化的問題，但是完全沒有問到我的事。她透露了一點她自己的生活。我發現原來我已經當祖母了！她沒有提到她丈夫或她的養父母。她說她在很遙遠的一個國家賣土地，而且她很快就要回去工作。

我說我可以教她怎麼做護身符來避開邪魔，但她似乎不感興趣。但是我跟她說到藥草具有治療功效時，她便請我教她辨認這些藥草。在我們散步的公園裡，我試著傳遞給她我擁有的所有知識，雖然我肯定她一回到家鄉就會全部忘光。這時我已經知道她的家鄉在倫敦。

「我們並不擁有大地，而是大地擁有我們。我們過去經常在旅行，而身邊的一切都屬於我們：植物、水、我們的馬車隊行經的土地。我們的律法就是大自然的律法：強者生存，而我們這些弱者，永遠的邊緣人，則學會隱藏自己的力量，只在必要時使用。我們不相信神創造宇宙。我們相信神就是宇宙，我們被包含在祂裡面，而祂也在我們裡面。不過——」

我停下來，但是又決定繼續說，因為這是對我的保護人表示崇敬的一種方式。

「——在我認為，我們應該稱呼『祂』為『女神』，或『大地之母』。她不是那種會把女兒送到孤兒院的女人，而就像存在我們所有人裡面的那個女人，那個會在我們身陷危險時保護我們的人。當我們懷著愛與喜悅做日常生活的每件事，了解任何事都不是受苦，萬事萬物都是對造物者的讚頌，她就與我們同在。」

雅典娜——這時我已經知道她的名字——望向公園裡的一間房子。

「那是什麼？是一間教堂嗎？」

陪在她身邊好幾個小時，已經讓我重新找回力量。我問她是否想改變話題。她想了一會才回答。

「不，我想繼續聽你想跟我說的話，但是根據我來這裡之前讀到的東西，你現在說的這些並不屬於吉普賽人的傳統。」

「是我的保護人教我這些事。他知道許多吉普賽人不知道的事，也是他讓我的族人重新接受我。我跟他學習時，我逐漸了解到大地之母的力量，雖然我拒絕了成為母親的福分。」

我指著一叢小樹叢。

「將來如果你兒子發燒，你可以把他放在像這樣的年輕樹叢旁邊，然後搖晃它的枝葉，熱度就會傳到植物身上。如果你自己覺得焦躁，也可以這樣做。」

「我比較希望你多說一些你的保護者的事。」

「他告訴我，一開始，造物者覺得很孤單，因此創造了另一個人來聽他說話。這兩個生物，在顯現愛的行為中，創造了第三個人，於是在此之後，他們便成千上萬地不斷增加。你剛剛問到我們看見的那間教堂：我不知道它是什麼時候建造的，也不感興趣。我的聖殿是這座公園，是天空，是湖裡的水和注入湖中的河流。我的族人是跟我有同樣想法的人，而非在血緣上與我相連的人。我的儀式是與這些人在一起，讚頌我們周遭的一切。你想要什麼時候回家？」

「可能明天吧。我不想太麻煩你。」

我心裡又多一道傷口，但是我不能說什麼。

「請你別這樣說，你想待多久都可以。我這樣問只是因為我想跟其他人一起慶祝你的到來。如果你同意的話，我今晚就可以做這件事。」

她沒有回答，但我知道這代表同意。回到家之後，我又幫她做了吃的，然後她說她必須回去飯店拿一些衣服。等她回來的時候，我已經把事情都安排好了。我們到了城鎮南邊的一座山丘，圍坐在剛升起的火堆旁，彈著樂器、唱歌、跳舞、說故事。她看著，但沒有參與，雖然倫巴洛告訴我，她很會跳舞。許多年來，我頭一次感到快樂，因為我終於有機會為我的女兒準備一場儀式，與她一起慶祝我們重聚的奇蹟，慶祝我們都活著而健康，並浸潤在大地之母的愛裡。

之後她說她那天晚上要睡在飯店。我問她這是否是道別，她說不是。她明天會再回來。

一整個星期，我和我女兒共享對天地的敬愛。一天晚上，她帶了一個朋友回來，很清楚表明他不是她的男友，也不是她孩子的父親。這個必定比她大十歲以上的男人問我們在儀式裡崇拜的是誰。我解釋說，根據我的保護者所說，崇拜一個人就意味著把他置於我們的世界之外，所以我們並不是在崇拜任何人或任何物，只是在跟造物者親近。

「但是你會禱告？」

「我自己會對聖莎拉禱告，但是我們每個人都是萬物的一部分，所以與其說我們在禱告，不如說我們是在讚頌。」

我感覺得到雅典娜對我的回答引以為傲，但我其實只是重複我的保護者的話。

「既然我們都可以獨自讚頌宇宙，那麼為何要在團體裡進行？」

「因為其他人就是我，我也是其他人。」

雅典娜這時看向我，我覺得這次是我傷了她的心。

「我明天離開，」她說。

「離開之前，來跟你母親說再見。」

這是這麼多天以來，我第一次用這個字。我的聲音沒有顫抖，我的目光平穩，我知道，即便發生了這麼多事，站在我面前的仍舊是流著我的血的骨肉，是我的子宮孕育的果實。那一刻，我就像個小女孩，剛發現這世界並不像大人所說的，充滿了鬼魂和詛咒。這世界充滿了愛，不論那愛如何顯現，那愛會原諒我們的過錯，彌補我們的罪。

她給了我一個長長的擁抱。然後她幫我整理我用來蓋住頭髮的頭巾。我雖然沒有丈夫，但是根據吉普賽傳統，我還是得包頭巾，因為我已經不是處女。除了我一直遠遠地愛著，也害怕著的人即將離開之外，明天還會帶來什麼？我是所有人，而所有人也是我，和我的孤單。

第二天，雅典娜帶著一束花出現。她打掃了我的房間，告訴我，我應該戴眼鏡，因為這麼多年的縫紉工作已經使我的視力受損。她問與我一起進行讚頌儀式的人，有沒有被族人找麻煩，我告訴她並沒有，因為我的保護人非常受到尊敬，他教導我們許多事，在全世界各地都有追隨者。我也說他在她來之前不久就過世了。

「有一天，一隻貓走過他身邊，碰到他的身體。對我們而言，這意味著死亡，所以我們都很擔心。雖然有一項儀式可以解除這樣的詛咒，但是我的保護人說到了他該走的時候了，他需要到他知道存在的其他世界，重新誕生為一個嬰兒，在母親的懷裡休息一段時間。他的喪禮在附近的一座森林舉行。典禮非常簡單，但是有許多人從世界各地而來。」

「在那些人當中，有沒有一個大約三十五歲，深色頭髮的女人？」

「我不確定，但是可能有。你為什麼會問？」

「我在布加勒斯特的一間飯店遇到一個女人，她說她是來參加一位朋友的喪禮。她好像提到她的『導師』。」

她請我告訴她更多關於吉普賽人的事，但幾乎沒有什麼事是她不知道的，主要是因為除了習俗和傳統之外，我們對自己的歷史所知甚少。我也說希望她有一天能去法國，並代表我，把一條披肩獻給矗立在法國小鎮「海上聖瑪麗」的聖莎拉肖像。

「我來這裡是因為我生命中有所欠缺。」她說。「我必須填補我生命中留白的空間，而我以為只要看到你的臉就已經足夠。但結果不是。我還需要知道——知道我是被愛的。」

「你當然是被愛的。」

我許久沒有再說別的話。我終於說出了從我讓她離開之後，一直想要說的話。為了讓她不要太過激動，我繼續說：

「我想要請求你一件事。」

「你想要請求什麼事都可以。」

「我想請求你的原諒。」

她咬住嘴唇。

「我一直是個無法安定的人。我拚命工作，花太多時間照顧我兒子，我瘋狂地跳舞，學書法，去上賣土地的課程，一本接一本地看書。但這一切都只是為了避開沒有任何事發生的時刻，因為這些空白會讓我覺得徹底的空虛，當中沒有絲毫的愛存在。我的父母盡他們所能的為我做了一切，我卻一再令他們失望。但是在這裡，在我們相處的這段時間，當我們一起讚頌大自然和大地之母時，我發現這些空虛的空白逐漸被填滿了。它們變成了停頓的時刻，是一個人舉起手，再度用力擊鼓之前的片刻。我想我現在可以離開了。我並不是說，我從此可以平靜，因為我的人生還是必須追隨著我已經習慣的節奏。但是我不會心懷怨恨地離開。所有吉普賽人都相信大地之母嗎？」

「如果你問他們，沒有人會承認。他們都已經順應環境，接受他們定居之處的信仰和習俗。所有吉普賽人在宗教信仰上唯一的共同點就是對聖莎拉的崇敬，以及一生至少要去朝聖一次，去她位於『海上聖瑪麗』鎮的墓地。有些部落稱她為卡麗・莎拉（Kali Sarah），黑莎拉。而在盧爾德，她則被稱為吉普賽聖女。」

「我得走了。」雅典娜沉默一會之後說。「你那天見到的那個朋友要跟我一起走。」

「他看起來是個好人。」

「你講話像個媽媽。」

「我是你媽媽。」

「我是你女兒。」

她擁抱我，這次她眼中湧出淚水。我擁抱著她，撫摸她的頭髮，就如命運——或說我的恐懼——將我們分開之後，我一直夢想的一樣。我要她好好照顧自己，而她說她學到了很多。

「而且你以後還會學到更多，因為現代的我們雖然被困在房屋裡、城市裡，和工作裡，但你的血液裡仍舊流著我們駕著車隊旅行各地的時代，還有大地之母安放在我們的道路上，讓我們得以生存的教誨。繼續學習，但是一定要有別人在身邊一起學習。不要獨自追尋，因為如果你踏錯一步，就沒有人能把你拉回正途。」

她還在哭泣，環抱著我，幾乎像要求我讓她留下來。我懇求我的保護人不要讓我流下一滴眼淚，因為我希望雅典娜得到最好的，而她的命運應該是繼續往前走。她會發現，在特蘭斯伐尼亞這裡，除了我的愛之外，其他什麼也沒有。雖然我相信愛可以是存在的唯一理由，但我很確定我不能要求她犧牲自己的未來，只為了留在我身邊。

雅典娜在我額頭上深深地一吻，沒有道別就離開了，或許她心想她還會再回來。每年聖誕節，她都會寄來很多錢，足夠我不用縫紉就可以生活一整年。但是我從來沒有到銀行去兌現過她的支票，雖然族裡每個人都認為我的行為很愚蠢。

半年前，她不再寄錢來。她一定是明白了我需要用縫紉來填滿她所說的「空白」。

我很希望再見到她，但是我知道她永遠不會再回來了。她現在可能是一個大老闆，而且嫁給她愛的男人了。而我也可能有了一大堆孫子，這表示我的血脈會繼續在這天地之間延續下去，而我的過錯也被原諒了。

莎米拉・卡利，家庭主婦

當莎琳一進家門，歡天喜地地大叫，一把抱住嚇了一大跳的維爾若，我就知道一切都比我想像得順利多了。我覺得上帝回應了我的祈禱，她不再需要更了解自己了，而終於能夠開始過正常的生活，帶大自己的孩子，再婚，並擺脫那些讓她同時感到狂喜又憂鬱的煩躁。

「我愛你，媽。」

我終於可以用手臂環繞著她，緊緊抱著她了。她不在的許多個夜晚，我承認，我一直很害怕她說不定會請人來帶走維爾若，然後他們就再也不會回來了。

等她吃過東西，洗過澡，告訴我們她與生母見面的過程，並描述了特蘭斯伐尼亞的鄉村景致（我幾乎毫無印象，因為當時我唯一感興趣的，是要找到一所孤兒院）之後，我問她什麼時候要回杜拜。

「下星期，但是我要先去蘇格蘭找一個人。」

一個男人！

「是一個女人。」她立刻說，可能是回應我意有所指的微笑。「我覺得我肩負著一項使命。我們在那裡讚頌生命和大自然時，我發現了我以前不知道的一些事物。我以為只能經由舞蹈找到的東西，其實無所不在，它有一張女性的臉孔。我看到——」

我嚇壞了。我告訴她，她的使命是要帶大她的兒子、做好她的工作、賺更多錢、再婚，並崇敬我們所知的神。

但是莎琳根本聽不進去。

「有一天晚上，我們圍坐在火堆旁、喝酒、說好笑的故事、聽音樂。我在那裡的那段時間，除了在那間餐廳以外，我從來不覺得需要跳舞，彷彿我一直在儲存能量，準備面對什麼特殊的事。突然間，我覺得身邊的一切都活了起來，有了脈動，彷彿造物者與我合而為一，同為一體。當火焰似乎顯現一個女性臉孔的形狀，充滿慈悲地對我微笑時，我不禁喜極而泣。」

我全身顫抖。那可能是吉普賽人的巫術。在此同時，我腦中浮現了那個還在唸書的小女孩跟我說，她看到一個「白衣女子」的情景。

「別被這種事情糾纏住，那是惡魔的詭計。我們一直都以身作則，為什麼你就不能正常地生活呢？」

我一開始以為尋找生母的這趟旅程對她有好處，顯然是言之過早了。但是她的反應並不像平常那樣充滿攻擊性。她微笑著繼續說：

「什麼叫做正常？我們的錢已經足夠養活三代的家人了，為什麼爸爸還是要工作得這麼辛苦？他是個正直的人，他賺到的錢都是他應得的，但是他仍舊帶著一絲驕傲地說，他有太多工作要做。為什麼？這是為了什麼？」

「他是個生活正直、工作勤奮的人。」

「我還住在家裡的時候，他每天晚上回來，問的第一件事就是我的功課做得如何，然後他會舉一些例子，說他的工作對這個世界有多重要。然後他會打開電視，對黎巴嫩的政治局勢評論幾句，讀一些技術方面的書，然後上床睡覺。但是他一天到晚都在忙。你也一樣。我是學校裡穿得最漂亮的孩子，你會帶我去許多宴會，讓家裡保持得一塵不染，而且你總是那麼和藹慈祥，以無可挑剔的方式把我扶養長大。但是現在你老了，然後呢？現在我長大了、獨立了，你要怎麼安排你的人生呢？」

「我們要去世界各地旅行，享受我們辛苦得來的休息。」

「那你們為何不趁著你們的身體都還健康，現在趕快去做？」

我也問過自己同樣的問題，但是我覺得我先生需要他的工作，不是為了錢，而是為了感覺自己有用，為了證明離鄉背井的人也會堅守自己的職責。每次他休假時，如果待在城裡，他總會找個藉口，溜進辦公室，跟同事談話，做一些大可以等的決定。我試著找他去看戲、看電影、逛博物館，他會順著我的要求，但是我總覺得他覺得無聊。他唯一的興趣就是公司、工作、做生意。

生平第一次，我把她當成朋友說話，而非我的女兒，但是我仔細選擇用語，用她可以了解的方式說。

「你是說，你父親也是在試圖填滿你所謂的『空白』嗎？」

「雖然我認為這一天可能永遠不會到來，但是等他一退休，他就會陷入很深的憂鬱當中。我很確定。他該如何面對他得來不易的自由？所有人都會稱讚他創造了輝煌的事業，稱讚他正直的經營方式留下了優良的模範，但是沒有人會再分一點時間給他——人生繼續往前走，所有人都在時間之流裡身不由己。爸爸會再度覺得被放逐，但是這次不會再有國家收留他。」

「難道你有更好的打算？」

「只有一個：我不想要同樣的事發生在我身上。我太過煩躁不定。請不要誤會我的意思，我不是責怪你或爸爸為我立下的所有榜樣，但是我需要改變，而且要趕快改變。」

狄德麗．歐尼爾，人稱艾達

她坐在黑暗當中。

那小男孩立刻就走出了房間——夜晚是恐怖的國度，屬於來自過去的怪獸，屬於我們像吉普賽人一樣四處遊蕩的年代，就像我之前的導師——願大地之母憐憫他的靈魂，願他被愛被珍重，直到他重返人間的時刻。

從我關掉電燈之後，雅典娜就不知道該做什麼。她問她兒子該怎麼辦，我叫她不要擔心，交給我就好。我起身，打開電視，找到一個播放卡通的頻道，然後關掉聲音。這孩子就像被催眠似的，坐在那裡——問題解決了。我懷疑以前的女人都怎麼辦，因為來參加雅典娜即將進行的這項儀式的女人，必定得帶著她們的孩子，而那個時代還沒有電視。那時候的導師都怎麼辦？

還好我不用擔心這個問題。

這孩子在電視機前感受到的——通過一道大門進入不同的現實——正是我要引導雅典娜感受的經驗。萬事萬物都是如此簡單又如此複雜！簡單是因為你唯一要做的就是改變心態：我將不再追求幸福。從現在開始，我是獨立的；我經由自己的眼睛，而非別人的眼睛看人生；我要尋找活著的冒險。

但這也很複雜：當所有人都說幸福是世界上唯一值得追求的東西，為什麼我不追求幸福？為什麼我要冒險走上一條別人都不走的路？

而且追根究柢，究竟什麼是幸福？

是愛，他們告訴我。但是愛現在沒有，過去也不曾帶來過幸福。相反的，那是一種持續的焦慮狀態，是一個戰場；是許多無眠的夜晚，讓我們不斷自問我們做的事對不對。真正的愛是由狂喜與痛苦構成的。

好吧，那就是平靜。平靜？如果你看看大地之母，她從來都不是平靜的。冬天與夏天奮戰，太陽與月亮從不相見，老虎追逐人類，人類害怕狗，狗追貓，貓追老鼠，老鼠又會驚嚇人。

金錢會帶來幸福。好吧。如果是這樣，所有賺了足夠的錢，可以享有高水準生活的人都應該能停止工作。但是停止工作後，他們反而比之前更憂慮，害怕會失去一切。錢會累積更多的錢，確實如此。貧窮可能帶來不幸，但是錢也不見得會帶來幸福。

我這一生花了很多時間尋找幸福，但是現在我想要的是樂趣。樂趣就像性——會開始，然後結束。我想要愉悅。我想要滿足。但是幸福？我不會再掉入那個陷阱了。

每次我跟一群人在一起，我都會想問一個最重要的問題，來刺激他們：「你幸福嗎？」他們都會回答：「很幸福啊。」

接著我會問：「但是你不會想要更多嗎？你不會希望更幸福嗎？」然後他們全都會回答：「當然想。」

於是我說：「所以你並不幸福。」然後他們就會改變話題。

我必須回到雅典娜坐著的房間。房間裡一片漆黑。她聽到我的腳步聲。一根火柴被擦亮，一根蠟燭被點燃。

「我們被宇宙的慾望圍繞。那不是幸福，那是慾望。慾望從來不會被滿足，因為一旦被滿足了，它就不再是慾望了。」

「我的兒子在哪裡？」

「你兒子沒事，他在看電視。我只要你看著燭光，不要開口，不要說任何話。只要相信。」

「相信什麼？」

「我叫你不要說話。只要相信——不要懷疑任何事。你活著，而這燭火是你的宇宙裡唯一的一點。相信它。不要再想著道路會引導你去到你的目的地。事實是，我們每跨出一步，就已經到達。每天早上對自己說這句話：『我已經到達。』你會發現，這會幫助你很容易與生活中的每一刻保持聯繫。」

我停了一下。

「這燭火照亮了你的世界。問這燭火：『我是誰？』」

我再度停頓，然後接著說：

「我可以想像你的答案。我是怎樣怎樣的。我有過哪些經驗。我有一個兒子。我在杜拜工作。現在再問燭火：『我不是誰？』」

我再度等待，然後再度開口：

「你可能說：我不是一個滿足的人。我不是一個典型的母親，只在乎她的兒子、她的丈夫，想要有一棟房子，有一個花園，一個夏天度假的地方。是這樣嗎？你現在可以說話了。」

「是這樣沒錯。」

「很好，我們在正確的路上。你，跟我一樣，都是不滿足的人。你的『現實』跟別人的『現實』不一樣。而且你害怕你兒子會走上跟你一樣的路，是嗎？」

「是。」

「但是你知道你不能停下來。你掙扎，但是你無法控制你的懷疑。用力看著那燭火。此刻那燭火就是你的宇宙。它抓住你的注意力，稍稍照亮了你周圍的空間。深吸一口氣，讓空氣在肺裡盡可能留久一點，然後吐出來。重複這個動作五次。」

她照著做。

「這個練習應該能安定你的靈魂。現在，記住我說的：相信。相信你的能力；相信你已經到達你想到達的地方。你今天下午在喝茶的時候告訴我，你曾經在人生的某個時刻，因為教銀行裡的同事跳舞，而改變了他們的行為。事實上不是這樣。你改變了一切，因為你經由跳舞，改變了他們感受的現實。你相信所謂頂點的故事，雖然我以前從沒聽說過，但我覺得這個故事很有趣。你喜歡跳舞，也相信你所做的事。你不可能相信你不喜歡的東西，是吧？」

雅典娜搖搖頭，眼睛繼續盯著燭火。

「信念不是慾望。信念是意志。慾望是需要被滿足的事物，但意志是一種力量。意志會改變我們周遭的空間，就像你在銀行所做的一樣。但是要做到這點，你還是需要慾望。請你專注在燭火上！

「你兒子離開房間去看電視，因為他害怕黑暗。但是為什麼害怕？我們可以把任何東西投射在黑暗裡，但是我們通常都是投射自己的鬼魂。這對大人和小孩都是一樣的。慢慢舉起你的右手臂。」

她舉起手臂。我請她也同樣抬起左手臂。我看著她的胸部，比我的漂亮多了。

「現在再慢慢把手臂都放下來。請你閉上眼睛，深呼吸。我要把燈打開了。對，儀式結束了。我們去客廳吧。」

她有點困難的站起來。她的腳因為保持著我要求的姿勢而發麻。

維爾若睡著了。我關掉電視，然後我們走進廚房。

「這些有什麼意義？」她問。

「只是要讓你脫離日復一日的現實。我可以叫你專注於任何東西，但是我喜歡黑暗和燭光。不過你是想知道我想做什麼，是嗎？」

雅典娜說，她本來應該在收拾行李，準備回去上班，卻把兒子抱在大腿上，搭了五個小時的火車。她在自己的房間裡也可以盯著蠟燭看，根本不需要來蘇格蘭。

「當然需要。」我回答。「你需要知道自己並不孤單，知道其他人也跟你一樣可以接觸到同樣的東西。只要知道這點就足以讓你相信。」

「相信什麼？」

「相信你在正確的道路上，還有，像我之前說的，每一步都是抵達。」

「什麼道路？我以為去羅馬尼亞找我母親，我至少就可以找到我迫切需要的心裡的平靜，結果還是沒有。你說的是什麼道路？」

「我完全不知道。只有當你開始教導別人時，你才會發現那條路。在你回去杜拜之後，找一個學生。」

「你是說教舞蹈或書法？」

「這些都是你已經知道的。你需要去教你不知道的事，也就是大地之母想要透過你而揭露的事。」

她看著我，好像覺得我瘋了。

「這是真的。」我說。「不然你以為我為什麼要叫你深呼吸，叫你舉起手臂？這都是為了讓你相信我懂得比你多。但事實並非如此。這只是一種方法，讓你脫離你習慣的世界。我沒有要求你感謝大地之母，要你說她有多偉大，或說你看到她的臉在火光中閃耀。我只要求你做出荒謬而毫無意義的動作，舉起手臂，專注地看著一根蠟燭。這樣就夠了——只要盡可能的，隨時做一些與我們周圍現實不符的事情。

「當你開始為你的學生創造一些儀式，你就會獲得指引。見習的過程就從這裡開始，至少我的保護人是這麼說的。如果你願意照我的話去做，那很好，但是如果你不想照我的話去做，繼續照現在這樣生活下去，有一天你一定會撞到一堵牆，那堵牆叫做『不滿足』。」

我打電話叫計程車，我們聊了一會流行和男人，然後雅典娜就離開了。我很確定她會聽我的話，主要是因為她就是那種不會拒絕挑戰的人。

「教人敢於不同。這就是重點！」我在計程車離開時對她大吼。

這就是喜悅。所謂的幸福是對一個人擁有的一切感到滿足——一個愛人、一個兒子、一份工作。而雅典娜，就跟我一樣，天生註定不適合那樣的生活。

賀倫・萊恩，記者

當然，我無法否認我陷入愛河了，雖然我已經有一個女朋友，她愛我，也能與我分享我的煩惱和喜悅。

在西比奧發生的各種巧遇和事件，都是一趟旅程的一部分，而且這也不是我離家在外時第一次碰到這種事。當我們跨出自己習慣的世界，把平常的界限和偏見都拋在腦後時，通常都會變得比較勇於冒險。

我回到英格蘭後，第一件事就是告訴製作人，製作關於德古拉這個歷史人物的紀錄片根本毫無意義，一個瘋狂的愛爾蘭人寫的那本書為特蘭斯伐尼亞創造了一個極為恐怖的形象，而那裡事實上是全世界最可愛的地方之一。顯然那些製作人不太高興，但是那時候我已經不太在意他們的想法了。我離開電視台，去一家全球知名的報社工作。

就在那時候，我開始發現我想再見到雅典娜。

我打電話給她，我們安排了在她回杜拜之前，一起去走走。她提議帶我逛倫敦。

我們搭上第一輛停下的巴士，根本沒有問它開往哪裡，然後我們隨意選了一個女性乘客，決定她在哪裡下車，我們就在哪裡下車。她在「聖殿教堂」站下車，我們也在這裡下車。我們經過一個乞丐，他向我們要錢，但是我們沒給他錢，繼續往前走，結果聽到他在後面丟來一長串罵人的字眼，同時接受這只是他跟我們溝通的一種方式。

我們看到有個人在破壞公共電話亭，我想報警，但是雅典娜阻止了我；或許那個人剛跟他今生的最愛分手，需要發洩他的情緒。又或許，誰曉得呢，他可能沒有人可以講話，因此受不了別人用電話談生意或談情說愛，像是在羞辱他。

她叫我閉上眼睛，仔細描述我們兩個人穿的衣服；結果讓我很驚訝，我居然把所有細節都搞錯了。

她問我辦公桌上有什麼東西，然後說其中一些紙張會在那裡，只是因為我懶得去處理。

「你有沒有想過，那些紙張都有生命和感覺，都有它們的訴求要講，有故事要說？我覺得你沒有給生命它應得的注意。」

我承諾第二天上班時會一一瀏覽這些紙張。

一對拿著地圖的外國男女問雅典娜怎麼去一個觀光景點。她給了他們非常明確，但是完全錯誤的方向。

「你跟他們說的全都是錯的！」

「那無所謂。他們會迷路，但那是發現有趣地方的最好方法。試著讓你的生活再度充滿幻想。在我們頭上的這片天空，所有人類——經過千百年來的觀察——給了它各式各樣看似合理的解釋。但是只要你忘掉你學過的關於星星的一切，它們就會再度變幻成天使，或者是小孩子，或者是你當下願意相信的任何東西。這不會讓你變笨——畢竟這只是遊戲而已——但是卻會豐富你的人生。」

第二天，我回去上班時，我把每張紙都當作是寫給我個人的訊息，而不是寫給我代表的機構。中午時，我去找副主編，提議寫一篇文章，談論吉普賽人崇拜的女神。他覺得這個主意好極了，我於是被指派去參觀吉普賽人的聖地，法國「海上聖瑪麗」小鎮的慶典。

儘管看來難以相信，但雅典娜完全不想跟我去。她說如果她跟別的男人去旅行，她的男朋友——那個捏造出來的警察，她用來拒我於千里之外的藉口——會很不高興。

「你不是答應你母親，你會帶一條新披肩去給那位聖人？」

「我是答應了，但必須是我剛好會經過那座小鎮時，可是現在不是。如果我有一天剛好經過那裡，我就會實踐諾言。」

她下個星期天就要回杜拜了，但是她先帶兒子去了蘇格蘭一趟，去見我們兩個在布加勒斯特都見過的一個女人。我不記得在那裡認識了任何人，但是或許這個蘇格蘭的「幻想女人」，跟那個「幻想男友」一樣，都只是一個藉口，因此我不再堅持。但我還是覺得忌妒，好像她是在告訴我，她寧可跟別人在一起。

我覺得自己的忌妒很奇怪。然後我決定，如果我被派去中東，寫一篇商業版的某個同事提過的當地房地產飆漲的報導，我一定會讀遍我能找到的所有資料，包括關於房地產、經濟學、政治與油田等等，只希望藉此更接近雅典娜。

我到「海上聖瑪麗」鎮訪問後，寫出了一篇很棒的報導。根據傳統說法，莎拉是一位吉普賽人，當耶穌的阿姨瑪麗．莎樂美，以及其他難民為了逃離羅馬人的壓迫，來到這個濱海小鎮時，莎拉就住在這裡。莎拉幫助了他們，並且最後改信基督教。

在慶典當中，葬在教堂聖壇下的這兩位女性的遺骨會被安放在聖骨箱中，並高舉起來，賜福給駕著馬車，穿著色彩鮮豔的衣服，帶著音樂，從歐洲四面八方而來的成千上萬的吉普賽人。然後打扮得金碧輝煌的莎拉的肖像，會離開平日安放的教堂旁的位置——因為莎拉始終未被梵蒂岡封為聖人，被抬著遊行穿過撒滿玫瑰花瓣的小巷。四個穿著傳統服裝的吉普賽人會把遺骨安放在堆滿花朵的船上，下到水裡，重演當年難民上岸以及與莎拉見面的情景。接下來則都是音樂、慶祝、歌唱和鬥牛。

一位歷史學家安東·羅卡多告訴我一些關於女性神祇的有趣事實，讓這篇文章更有血有肉。我寄給雅典娜我幫旅遊版寫的兩頁文章，結果只收到一封友善的回信，謝謝我寄給她文章，但是沒有其他任何評論。

至少我因此確定了她杜拜的地址真的存在。

安東・羅卡多，七十四歲，歷史學家，巴黎天主教大學，法國

莎拉很容易被認為只是世界各地的黑色聖母之一。根據傳統說法，莎拉—拉—卡麗（Sara-la-Kali）有貴族血統，並知道宇宙的祕密。我則相信她是一般人稱大地之母，或創造之母的一個化身。

我一點都不意外有越來越多人對異教傳統感興趣。為什麼？因為上帝這位天父總與嚴苛的信仰教條劃上等號，而大地之母的女神總是顯示愛是最重要的，超越所有一般的限制與禁忌。

這種現象並不新鮮。每當一個宗教的教條開始變得嚴格，就會有為數不少的人掙脫束縛，尋找更多自由，來追求與性靈的接觸。在中世紀時，天主教會唯一所做的就是徵稅和建造金碧輝煌的僧院和修道院，而當時就發生過這樣的事。一般所知的「女巫」現象，就是對這種行為的反制。而這種現象雖然因為具有革命的性質而受到壓制，仍留下了足以存活數百年的根和傳統。

依據異教傳統，自然崇拜比對神聖經典的崇敬來得重要。女神就在宇宙萬物當中，而萬物都是女神的一部分。世界只是她神性的一種展現。許多哲學體系——例

如道家與佛家——並不區分造物者與造物本身。人不再試圖解答生命的祕密，而是選擇成為當中一部分。道家或佛家當中並沒有女性的角色，但其中心思想仍是「萬物為一」。

在對女神的崇拜中，我們所謂的「罪」，通常也就是對某些主觀認定的道德標準的僭越，不再存在。性與習俗通常都較為自由，因為它們都是自然的一部分，因此不可能被認為是邪惡的果實。

新的異教思想顯示人類能夠不依賴任何制度化的宗教而生存下去，同時繼續追求性靈，來肯定自己生存的意義。如果造物主是母親，那麼我們只需要聚在一起，進行滿足女性靈魂的儀式，用舞蹈、火焰、水、空氣、土地、歌唱、音樂、花，和美麗的事物，就能夠表達對她的崇拜。

這股風潮在過去幾年越加興盛。我們可能正在目睹世界歷史上一個重要的時刻，看到性靈與實體融合在一起，兩者結合並蛻變。在此同時，我想正逐漸失去信徒的制度化宗教組織對此會有極強烈的反應。基本教義派很可能再度興起。

身為歷史學家，我很高興能對照、比較崇拜的自由與服從的義務，控制世界的上帝與屬於世界的女神，群聚而以即興方式讚頌神祇的人，與在乎嚴密教條、只想了解應做與不應做之事的人，這種種對立的資料與分析。

我希望能保持樂觀，相信人類終於找到通往性靈世界的道路，但是目前的徵兆並不看好。就如同過去常發生的一樣，一股新的保守勢力可能再度反撲，扼殺女神崇拜的信仰。

安德麗亞・麥凱，舞台劇演員

要保持中立地講述一個在仰慕中開始，卻在怨恨中結束的故事，實在非常困難，但是我會盡力而為。是，我會努力客觀地描述我在維多利亞街上一棟公寓裡，與雅典娜初次見面的情景。

她才剛從杜拜回來，帶著充足的錢和滿腔的慾望，想要分享她所知關於魔法的一切奧祕。這一次，她在中東只待了四個月：她賣出將用來蓋兩座超市的土地，賺了一大筆佣金，於是決定她賺的錢已經足夠支持她與她兒子未來三年的生活，未來她想再回去工作的話，隨時都可以回去。現在她要充分利用當下，善用她剩下的青春歲月，去教導別人她所學到的一切。

她見到我時，態度有些冷淡。

「你有什麼事？」

「我在劇院工作，我們正在準備的一齣戲是關於神的女性面貌。我聽一位記者朋友說，你在巴爾幹半島的山區裡，跟一些吉普賽人一起生活了一段時間，可以告訴我你在那裡的經驗。」

「你是說，你來這裡學習關於大地之母的事，只是為了一齣戲？」

「你學到了什麼？」

雅典娜停了一下，抬頭看著我，然後低頭，微笑著說：

「你說得沒錯。看來這是我身為導師的第一課：教導那些想學習的人。學習的動機是什麼並不重要。」

「你說什麼？」

「沒什麼。」

「戲劇的起源是為了讚頌神。」我繼續說。「最早開始於希臘，是要以頌歌讚美戴奧尼西斯，主掌酒、重生，與繁衍的神。但是據說在非常遙遠的時代，人類就會在儀式中假裝是不同的人，作為與神親近的一種方式。」

「第二課，謝謝你。」

「我不懂。我來這裡是為了學習，不是為了教人。」

這個女人開始讓我覺得討厭。或許她是故意諷刺我。

「我的保護人——」

「你的保護人？」

「我以後再解釋這點。我的保護人說過，只有在受到刺激時，我才能學到我該學的。我從杜拜回來之後，你是第一個對我示範這點的人。她說得很有道理。」

我解釋說，為了研究這齣戲，我找了許多老師，但都不覺得他們所教的有什麼特別。不過在過程中，我卻對這個主題越來感興趣。我也提到，這些人似乎都很困惑，不確定自己想要什麼。

「例如？」

例如性。在我去的某些地方，性是絕對禁止的。但在有些地方，他們不但提倡完全的自由，甚至鼓勵集體狂歡。她要我講述更多細節，但我無法確定她這麼做是為了測試我，還是因為她完全不知道其他人在做什麼。

但雅典娜在我回答前就先開了口。

「你跳舞的時候，會感覺到慾望嗎？你會不會覺得像在召喚更強大的能量？在你跳舞時，會不會有些時刻，覺得你不再是你自己？」

我不知如何回答。在夜店或在朋友家的派對裡，性絕對是我跳舞時會感覺到的一件事。我會跟男人調情，享受男人眼中的慾望，但是隨著夜越來越深，我似乎越來越接觸到自己，這時候，我是不是在誘惑誰，已經不再重要了。

雅典娜繼續說：

「如果說戲劇是一種儀式，那麼舞蹈也是。而且，舞蹈還是接近同伴的一種古老的方式。就像是洗淨我們與世界其他部分的連結，除去原本附著的成見與恐懼。當你跳舞時，你可以享受到成為自己的奢侈。」

我開始比較尊敬地聽她說話。

「但是之後我們又會回到原來的自己——滿懷恐懼，努力想成為遠超過自己相信的更重要的人。」

那正是我的感覺。或者每個人都有同樣的感覺？

「你有男朋友嗎？」

我想起有一次我去一個地方學習對蓋亞女神的崇拜傳統，結果一個所謂的「督伊德祭司」，卻叫我在他面前做愛。既荒謬又可怕——這些人居然敢利用靈性的追求來滿足他們自己邪惡的目的！

「你有男朋友嗎？」她又問了一次。

「有。」

雅典娜沒有再說話。她只是把手指放在嘴唇上，示意我保持沉默。

我突然發現在一個剛認識的人面前保持沉默，其實非常困難。社會常規是一定要說話，說什麼都好——天氣、交通、哪間餐廳最好。我們坐在她全白的起居室的沙發上，起居室裡有一台ＣＤ音響和放著ＣＤ的一個小架子。到處都看不到一本書，牆上也沒有一幅畫。因為她去過中東，本來我還以為會看到來自世界上那個角落的東西和紀念品。

但是周圍一片空蕩蕩，現在又如此寂靜。

她灰色的眼睛盯著我的眼睛，但是我也直視著她，沒有避開。或許是直覺吧。我以這種方式說我並不害怕，我可以正面面對挑戰。但是周圍的一切——寂靜與白色的房間、外頭街上傳來的交通噪音——開始變得不真實。我們要這樣沉默不語的在這裡待多久？

我開始回想。我來這裡是為了我的戲找資料，還是我真的想要獲得知識、智慧，與力量？我無法確切地說出是什麼引導我來到這裡，來見——見什麼？一個女巫？

我年少時的夢想浮現。誰不曾想要認識一個真正的女巫，學習施展魔法，讓朋友又敬又畏？哪個年輕的女孩不曾對數百年來女性所受的壓迫感到憤慨，並覺得要找回自己失落的身分認同，最好的方法就是變成女巫？我自己也曾經歷這個階段；我生活獨立，在高度競爭的劇場圈子做我想做的事，但是為什麼我始終不覺得滿足，為什麼我老是在嘗試滿足自己的好奇心？

我們當時應該是一樣的年紀——或者我還大一點？她那時候也有男朋友嗎？

雅典娜移近我一點。我們現在相隔不到一個手臂的距離，而我開始覺得害怕。她是女同性戀嗎？

我沒有移開眼神，但在心裡想清楚門在哪裡，以便我隨時可以離開。沒有人逼我去那間房子，去見一個我以前從沒見過的人，然後坐在那裡浪費時間，不說任何話，也沒有學到任何東西。她到底想要什麼？

或許就是這樣的沉默。我的肌肉開始緊繃。我孤單無助。我迫切地需要說話，或設法讓我的頭腦不要再告訴我，我正受到威脅。她怎麼可能了解我是誰？我們說自己是誰就是誰！

她問了任何關於我生活的問題嗎？她只想知道我有沒有男朋友。我想多說一些劇場的事，但是沒辦法說。那麼我聽說的，關於她的吉普賽祖先的事呢？還有她在特蘭斯伐尼亞，吸血鬼故鄉的事呢？

我的思緒無法停止：這次諮詢的代價是多少？我很害怕。我應該先問清楚的。恐怕是天價。而如果我不付，她會不會對我施法，毀了我的一生？

我有一股衝動，很想站起來，向她道謝，然後說我來這裡不是為了沉默地坐著。如果你去找心理醫師，你一定要說話。如果你去教堂，就是去聽講道。如果你要尋找魔法，就應該找到一個老師，會對你解釋這世界的道理，教你遵行一些儀式。但是她卻要我保持沉默？為什麼這讓我覺得這麼不自在？

一個又一個問題接連在我腦中浮現，我無法停止揣想或試圖找出一個理由，解釋為什麼我們兩個要坐在這裡，沉默不語。但她完全靜止不動了大約五分鐘或十分鐘後，突然微笑了。

我也微笑了，並放鬆下來。

「試著不同。這樣就好了。」

「就這樣？坐著不說話就是不同嗎？我可以想像，在當下這個時刻，光是倫敦就有幾千人迫切地想找個人說話，而你唯一可以告訴我的，就是沉默就能不同？」

「你現在已經開始講話，並試著重新架構這個世界，當然就會說服自己，你的想法是對的，而我是錯的。但是就如你自己親身體驗的——沉默確實不同。」

「沉默令人很不舒服，而且沒有教會人任何事。」

她對我的反應似乎並不在乎。

「你在哪間劇院工作？」

她終於對我的生活有興趣了！我被恢復到正常的人類處境，有工作和其他一切！我邀請她來看我們正在籌備的這齣戲——我只能找到這個方法來扳回一城，藉此顯示我能夠做到雅典娜做不到的事。那段沉默留下了令人感覺羞辱的餘味。

她問我能不能帶她兒子一起來，我說，不行，那齣戲只適合成人。

「喔，反正我可以把他交給我母親。我已經幾百年沒去看戲了。」

她沒有收諮詢費。我跟劇組其他成員碰面時，說了我跟這個神祕人物見面的過程。他們全都狂熱地想見到這個在初次見面時，只叫你沉默坐著的人。

雅典娜在約好的那天出現。她來看了戲，結束後到更衣室來跟我打招呼，但是沒有說她是否喜歡。我的同事慫恿我邀請她去我們表演後經常會去的酒吧。在那裡，她不再沉默，而開始回答我們初次見面時她沒有回答的一個問題。

「沒有任何人，甚至包括大地之母在內，會希望性只是一種慶祝儀式。性的發生，一定要伴隨著愛。你不是說你遇到過這樣的人嗎？千萬小心。」

我的朋友完全不知道她在說什麼，但是這主題挑起他們的興趣，他們開始連番丟給她許多問題。但一件事令我覺得困擾。她的回答十分學術性，感覺她似乎對自己說的話並沒有多少親身經驗。她說到誘惑的遊戲，祈求繁衍的儀式，並以一則希臘神話作結，可能是因為我在我們第一次見面時提到戲劇起源於希臘。她一定花了一整個星期閱讀相關的書籍。

「在數千年的男性主宰之後，我們正在回歸到對大地之母的崇拜。希臘人稱她蓋亞，而根據神話所說，她誕生於宇宙形成前的虛空，也就是渾沌之中。與她一起誕生的還有愛神艾洛斯，然後蓋亞生下了海洋與天空。」

「那誰是父親？」我的一個朋友問。

「沒有父親。有一個專有名詞叫『雌性生殖』，也就是不需要雄性對卵授精的繁殖過程。另外還有一種神祕學上的說法，也是我們比較常聽到的說法：無玷受胎。

「蓋亞生出了所有神祇，而這些神後來創造了希臘樂土上的人類，其中包括你們的偶像，戴奧尼西斯。但是隨著男人主掌了城市裡主要的政治力量，蓋亞就被遺忘了，取而代之的是天神朱比特、戰神馬爾斯、農業之神薩頓。這些神都很有能力，卻沒有孕育一切的大地之母的魅力。」

然後她問了一些關於我們這齣戲的問題。導演問她是否願意幫我們上一些課。

「關於什麼？」

「關於你所知道的。」

「老實說，我是在這星期內學到所有關於戲劇起源的事。我會去學所有我需要學的，這是艾達叫我做的事。」

所以我猜得沒錯！

「但是我可以分享人生教會我的其他事。」

他們全都贊同。沒有人問誰是艾達。

狄德麗・歐尼爾，人稱艾達

我對雅典娜說：你不需要一天到晚來這裡問一些愚蠢的問題。如果有一個團體決定請你當老師，為什麼不利用這個機會把自己變成一個導師？

去做我一直在做的事。

即使在你覺得自己是最沒價值的生物時，也努力覺得自己很好。拒絕所有負面的想法，讓大地之母占據你的身體與靈魂；把自己投入到舞蹈、沉默，或日常生活的平凡活動中——例如帶你兒子去學校、準備晚餐、把房子打掃乾淨。當你的心聚焦在當下這一刻時，一切都是對神的崇拜。

不要試著說服任何人任何事。當你不知道某件事時，開口詢問或離開去找尋答案。但是當你真的行動時，要像那沉默流動的河，開放自己去接受更大的能量。要相信——這是我在我們初次見面時講的——只要相信你能。

一開始，你會覺得困惑而不安。然後你會開始相信大家都認為自己被騙了。但事實並非如此。你擁有那知識，問題只是在於是否能察覺。這世界上所有心靈都如此容易感到挫折——他們害怕疾病、侵略、攻擊、死亡。試著把他們失去的喜悅還給他們。

要清楚。

每一天、每一分鐘，都要重新設定自己，保持會幫你成長的想法。當你覺得煩躁或困惑時，試著嘲笑自己。大聲地笑這個女人被懷疑和焦慮折磨，笑她自以為她的問題是全世界最重要的事。嘲笑這個情況有多荒謬，嘲笑儘管你是大地之母力量的顯現，卻仍相信神是一個男人，並且制定了這些規則。我們大多數的問題都來自這裡——來自於遵守規則。

要集中。

如果你找不到可以集中心神的事，那就集中精神呼吸。大地之母的光之河正流過你的鼻子。聽你的心臟跳動，追隨你無法控制的思緒，控制你想要立刻起身、做點「有用」的事的慾望。每天靜靜坐幾分鐘，什麼事都不做，盡可能從中獲得更多。

當你在洗碗盤時，記得祈禱。感謝你有碗盤可洗，這表示你有食物，表示你餵養了某個人，表示你慷慨地照顧了一個人或更多人，表示你煮了食物、擺了碗筷。想像此刻有數百萬人根本沒有任何東西可洗，也無法為任何人擺碗筷。

有些女人會說：我才不要洗碗，讓男人去洗。沒問題，如果男人想洗，就讓他去洗，但是這跟平等無關。做簡單的事並沒有什麼不對，但是如果我明天發表一篇文章，說出我的這些想法，我一定會被指控是扯女性主義的後腿。胡說八道！好像洗碗、穿胸罩，或讓別人幫我開門關門，會侮辱身為女性的我。事實是，我喜歡一個男人為我開門。根據社會禮儀，這表示：「她需要我幫她開門，因為她很脆弱。」但是在我的靈魂裡，這表示：「我受到女神般的對待，我是個女王。」我今天不是要為女性主義的目標奮鬥，因為男人和女人都是大地之母、最終之神力量的顯現。沒有人的身分比這更偉大。

我很希望看到你教授你正在學習的。這就是生命的最主要目的——揭露啟示！你讓自己變成一個管道，你傾聽自己，然後驚奇自己多有能力。記得你在銀行做的事嗎？可能你始終沒有真正了解，在那裡發生的事，是經由你的身體、你的眼睛、你的手流出的能量，所帶來的結果。

你會說：「不，那是因為舞蹈的關係。」

舞蹈只是一種儀式。儀式是什麼？儀式就是把某種單調的東西，轉化成不同的、有韻律的，能夠引導最終力量的東西。所以我要再說一遍：在你洗碗盤時，變得不同。在移動你的手時，不要重複同樣的動作，即使一直保持著相同的韻律。

你可以試著想像一些影像，這可能有幫助，想像花、鳥、森林裡的樹。不要想像單一的物體，像你第一次來這裡時看的那根蠟燭。試著想像群體的畫面。然後你知道你會發現什麼嗎？你會發現，你的思緒不是你選擇的。

我給你一個例子：想像一群鳥在飛。你看到幾隻鳥？十一隻、十九隻，還是五隻？你有個模糊的概念，但是你並不知道確切的數字。那麼那個思緒從何而來？是有人放在那裡的。有人知道鳥兒、樹木、石頭、花朵的確切數目。有人，在那千萬分之一秒間，主掌了你，對你顯現她的力量。

你相信你是什麼，你就是什麼。

不要像那些相信「正面思考」的人一樣，告訴自己說，我是被愛的，我很強壯、很有能力。你不需要這樣做，因為你已經知道了。而當你懷疑時——在你這個轉變的階段，我想這會常常發生——就照我的建議做。不要試圖證明你比自己以為的要好，只要笑。嘲笑你的憂慮和不安全感。幽默地看待你的焦慮。一開始會很困難，但是你會逐漸習慣。

現在回去見那些以為你無所不知的人吧。說服自己，他們想得沒錯，因為我們每個人都無所不知，問題只在於相信。

相信。

就如我們在布加勒斯特第一次遇到時，我告訴你的，團體很重要，因為他們迫使我們進步。如果你單獨一人，你就只能嘲笑自己，但是如果你跟別人在一起，你就會笑，然後立刻行動。團體會挑戰我們，團體會容許我們選擇與自己相近的人。團體會創造集體的能量，而因為每個人都會感染其他人，狂喜也就更容易產生。

當然團體也可能毀滅我們，但在生命以及人類的處境裡——與其他人共存的處境裡，這也是不可或缺的一部分。一個人如果沒有發展出生存的本能，那麼他就根本不了解大地之母要說的事。

你很幸運。有個團體剛好請你教他們一些事，這會使你成為一個導師。

賀倫・萊恩，記者

在與那些演員首次聚會前，雅典娜來到我家。自從我發表了那篇聖莎拉的文章之後，她似乎就相信我了解她的世界，但事實並非如此。我只是想要吸引她的注意而已。我試著改變想法，同意或許世界上存在著另一個看不見的現實，能夠干預我們的人生，但我之所以這樣做，只是因為一份我不願意相信自己感受到，卻又持續隱隱成長、激烈到具有破壞力的愛意。

我很滿意自己的世界，完全不想加以改變，即使我正被驅使往這個方向前進。

「我覺得害怕。」她一到就開口說。「但是我必須義無反顧的去做他們要求我做的事。我必須相信。」

「你有很多人生經驗。你學到很多東西，從吉普賽人那裡，從沙漠的那個苦行者那裡，還有……」

「是嗎？事實上並不盡然。而且學習的意義到底是什麼？是累積知識，還是改變你的人生？」

我提議我們當晚一起晚餐，然後去跳舞。她同意吃晚餐，但是拒絕去跳舞。

「回答我的問題。」她說，同時環顧我的公寓。「學習只是把東西放到架子上，還是丟棄已經不再有用的東西，然後感覺比較輕盈地往前走？」

書架上全是我投資了許多金錢和時間購買、閱讀，和註記的書。這是我的個性，我的教育，我真正的導師。

「你有多少本書？我想超過一千本吧。但是其中絕大多數你可能永遠不會再翻開。你一直留著它們，是因為你不相信。」

「我不相信？」

「沒錯，你不相信，就是這樣。任何相信的人，都會像我一樣，當安德麗亞問我關於戲劇的事，我就去閱讀所有關於戲劇的書，但是在此之後，唯一要做的就是讓大地之母透過你說話，並在她說話時獲得新發現。當你獲得這些新發現時，你就能設法填滿那些作者故意留下來刺激讀者想像力的空白。在你填滿這些空白時，你就會開始相信自己的能力。

「有多少人想看這些書，卻沒有錢買？你卻坐在這裡，被這所有停滯陳腐的能量環繞，只為了讓來訪的朋友感到佩服。還是你覺得你沒有從這些書中學到任何東西，所以以後還需要查閱？」

我覺得她對我很嚴苛，而這很吸引我。

「所以你覺得我不需要這個圖書館？」

「我覺得你需要閱讀，但是為什麼要留著這麼多書？如果我說，我們現在離開這裡，然後在到餐廳之前，把這裡大部分的書分送給我們在街上遇到的隨便一個人，這個要求會太過分嗎？」

「我的車載不了這麼多書。」

「我們可以雇一輛貨車。」

「但是我們就來不及到餐廳吃晚餐了。而且你來這裡是因為你覺得不安，不是為了教我怎麼處理我的書。沒有這些書，我會覺得自己像是赤裸的。」

「你是說，像是很無知。」

「應該說，像是毫無文化。」

「所以你的文化不是在你的心裡，是在你的書架上。」

夠了。我拿起電話，訂了晚餐的位子，告訴餐廳我們十五分鐘內到。雅典娜是在試圖迴避讓她來到這裡的問題。她內心深處的不安全感讓她轉而攻擊別人，而不是觀照自己。她需要一個男人在她身邊。天曉得，或許她是在試探我，看看我願意做到什麼地步，利用她的女性伎倆，來看看我準備為她付出多少。

只要在她身邊，我的生命似乎就有了意義。這就是她想聽的嗎？好，我會在晚餐時告訴她。我幾乎可以為她做任何事，甚至離開現在與我同居的女人，但是我不會放棄我的書，這是我劃下的界限。

在計程車裡，我們回到關於劇院團體的話題，即使當時我已經準備好討論我通常不會談論的一件事——愛，一個我認為比馬克思、榮格、英國勞工黨、或一家報社裡每天的日常問題等，都要更複雜的主題。

「你不需要擔心。」我說，很想握住她的手。「不會有問題的。你就講書法、講舞蹈、講你知道的事。」

「如果我這麼做，我永遠不會發現我不知道的事。當我在那裡時，必須讓我的頭腦靜止，讓我的心開始說話。但這是我第一次這麼做，我覺得害怕。」

「要不要我跟你一起去？」

她立刻接受了。我們來到餐廳，點了一點酒，開始喝。我喝酒是為了能鼓起勇氣，說出我認定的自己的感覺，雖然我覺得對一個我所知甚少的人宣示愛意，其實相當荒謬。而她喝酒是因為她害怕談論她不知道的事。

喝了第二杯酒之後，我發現了她有多緊張。我試著握住她的手，但她輕輕地把手抽開。

「我不可以害怕。」

「你當然可以害怕，雅典娜。我經常覺得害怕，但是在必要的時候，我還是會不顧一切地正面迎向我害怕的東西。」

我也很緊張。我再度斟滿我們的杯子。侍者一直過來問我們要吃什麼，而我一直告訴他，我們等一下再點。

我腦袋裡想到什麼就說什麼。雅典娜禮貌地聽著，但她顯得很遙遠，彷彿置身在一個充滿鬼魂的黑暗宇宙裡。在這當中，她又提到蘇格蘭的那個女人，以及她說的話。我問說，去教你不知道的事物，真的有道理嗎？

「有人教過你如何去愛嗎？」她回答。

她會讀心術嗎？

「但是，」她繼續說：「你愛的能力就跟任何一個人類一樣。你怎麼學會的？你沒有學，你只是相信。你相信，因此你愛。」

「雅典娜——」

我猶豫了一下，然後說完這句話，雖然完全不是我本來想說的。

「——也許我們該點一些吃的。」

我發現我還沒有準備好談那些擾亂我的世界的事。我叫來侍者，點了一些前菜，然後又點了更多前菜、一道主菜、一個布丁，又點了一瓶酒。我希望爭取越多時間越好。

「你有點怪怪的。是因為我說你應該把書送走嗎？你想怎麼做就怎麼做。改變你的世界，不是我的工作。我顯然是多管閒事了。」

我幾分鐘前才正在想「改變世界」這件事。

「雅典娜，你老是說——不，我需要談一下在西比奧那間酒吧發生的事，當吉普賽人演奏音樂時——」

「你是說在那間餐廳？」

「對，在那間餐廳。今天我們談到書，談到我們累積很多東西，占據了許多空間。或許你說得沒錯。從那天晚上看到你跳舞之後，我就一直想做一件事。我再也忍不住了。」

「我不了解你的意思。」

「你當然了解。我說的是我正在發現，而且正盡我所能，想在它表露之前將之摧毀的愛。我希望你能接受。這是我的一部分，但它不完全屬於我。可是它也不是你獨有的，因為我生命裡還有另一個人。但是無論如何，如果你能接受，我會很快樂。一個來自你國家的阿拉伯詩人，卡利．紀伯倫曾說：『被要求而給予是好的，但是不被要求而給予更好。』如果我今晚不說出我想說的所有的話，我就只能是旁觀者，看著事情自行發展，而不能親自經驗這一切。」

我深吸一口氣。葡萄酒幫助我解放自己。

她喝光她杯中的酒，我也是。侍者端著食物出現，對幾樣餐點稍加評論，並解釋食材和烹調的方法。雅典娜和我的眼睛都盯著對方。安德麗亞告訴過我，他們第一次見面時，雅典娜就是這樣做，而她相信這只是恫嚇別人的一種方法。

沉默令人恐懼。我想像她站起來，搬出她那鼎鼎大名的、在蘇格蘭警場工作的隱形男友，又或者她會說她受寵若驚，但是她必須思考她明天要教的課。

「有什麼是你不願給予的？有一天，你擁有的一切都會被給予。樹木施予，而得以生存，因為不願給予便等於死亡。」

她小聲而謹慎地說話，因為她喝了不少酒，但是她的聲音卻讓周遭所有人都安靜下來。

「什麼樣的美德能超過接受的勇氣、信任，甚至慈悲？施予財物，那給予微不足道。只有給予自己，才是真正給予。」

她微笑著說出這些。我覺得我說話的對象好像是專門出謎語的人面獅身怪獸。

「這是你引述的詩人寫的話。我在學校學過，但是我不需要他寫下這些話的書。我已經把他的話記在心裡。」

她又喝了一點酒。我也一樣。我無法鼓起勇氣問她是否接受我的愛，但是我覺得輕鬆了一點。

「可能你是對的。我會把我的書捐給公立圖書館，只留下我將來真的會重讀的書。」

「這是你現在想談的話題嗎？」

「不是。我只是不知道怎麼把談話延續下去。」

「那麼我們就吃飯，好好享受這一餐。你喜歡這個主意嗎？」

不，我不喜歡這個主意。我希望聽到不一樣的話，但是我不敢問，於是我喃喃地說著圖書館、書，和詩人之類的，同時後悔點了這麼多菜。現在是我想逃避了，因為我不知道如何繼續。

最後，她要求我承諾一定要去劇院看她上第一堂課，而對我來說，這就是一個訊號。她需要我；她接受了我自從在特蘭斯伐尼亞一間餐廳看到她跳舞後，就下意識地夢想獻給她，但直到那天晚上才終於能夠了解的東西。

或者，如雅典娜說的，是到那時候才相信的東西。

安德麗亞・麥凱，演員

當然我有責任。如果不是因為我，雅典娜也不會在那天早上來到劇院，把我們所有人聚集起來，叫我們躺在舞台上，開始一種放鬆練習，包括呼吸，還有把自己的意識傳送到身體的每個部位。

「放鬆你的大腿——」

我們全都聽話地照做，彷彿面對的是一個女神，一個比我們所有人都懂得多的人，即使我們已經做過幾百次這樣的練習。我們都很好奇在「——現在放鬆你的臉，深呼吸」之後，會有什麼。

她真的以為她在教我們什麼新的東西嗎？我們預期的是一場演講，一場對話！但是我得控制自己。我們回去講那時候發生的事吧。我們放鬆了，接著是一陣寂靜，讓我們所有人都摸不著頭緒。後來我跟同事討論時，大家都說那時候覺得練習已經結束了，應該坐起來看看，但是沒有人這麼做。我們都繼續躺著，進入一種被迫的冥想狀態，持續了漫長的十五分鐘。

然後她再度開口。

「你們已經有足夠的時間來懷疑我了。你們當中有一兩個人顯得不耐煩。但是現在我只要求你們一件事：當我數到三時，變得不同。我不是說變成另一個人，變成一隻動物或一棟房子。試著忘掉你們在戲劇課學到的所有東西。我不是要你們當演員或表現你們的能力。我要你們不再是人類，把自己變成你不知道的某種東西。」

我們都還躺在地上，閉著眼睛，所以看不到其他人怎麼反應。雅典娜是在利用那種不確定感。

「我會說一些字眼，然後你們會立刻從這些字眼聯想到一些影像。請記住一點，你們心裡都充滿了成見的毒液，因此如果我說『命運』，你們可能就會開始想像未來的人生。如果我說『紅色』，你們可能就會做一些心理分析的詮釋。但那不是我要的。就像我剛剛說的，我要你們變得不同。」

她無法解釋她真正要的是什麼。當沒有人抱怨時，我覺得很確定，他們一定只是保持禮貌，但是這次的「演講」結束後，他們絕對不會再請雅典娜來。他們甚至可能跟我說，我一開始去找她實在太天真了。

「第一個字是『神聖』。」

為了不無聊死，我決定加入這個遊戲。我想像我的母親，我的男友，我未來的孩子，光明燦爛的前途。

「做出一個代表神聖的姿態。」

我把雙臂交叉在自己胸前，彷彿在擁抱所有我愛的人。我後來得知大多數人都張開雙臂，做出十字架的形狀，還有一個女人打開雙腿，像在做愛的樣子。

「再度放鬆，再度忘掉一切，眼睛還是閉著。我不是要批評，但是就我看到的，你們似乎是在表現你們認為神聖的東西的外型。那不是我要的。我說出下一個字時，不要把它定義成它在這個世界展現的樣子。打開你們所有的管道，讓現實的毒液流光。試著抽象，然後你們就會進入我引導你們進入的世界。」

最後那句話具有真實的威嚴，我覺得劇院裡的能量開始改變。現在這個聲音知道它想要帶我們去哪裡了。她現在是個導師，而不只是個講師了。

「土地。」她說。

突然間我明白了她的意思。關鍵不再是我的想像力，而是我與土地接觸的身體。我就是土地。

「做一個代表土地的姿勢。」

我沒有移動。我是這舞台上的土地。

「太好了。」她說。「你們全都沒有動。你們第一次全都體驗到一樣的感覺。

你們不再去描述一樣東西，而是把自己轉化成一個概念。」

然後她再度沉默，持續了我想有五分鐘之久。這沉默讓我們困惑，不知道她是不知如何繼續，或者只是不熟悉我們平常工作的快節奏。

「我要說第三個字了。」

她停頓一下。

「中心。」

我感覺——那完全是無意識的——覺得我所有的生命力都流向我的肚臍，而我的肚臍發出黃光。如果有人碰到那裡，我可能會死掉。

「做一個代表中心的姿態！」

她的話像是命令。我立刻把雙手按在肚臍上，來保護自己。

「太好了，」雅典娜說：「現在你們可以坐起來了。」

我張開眼睛，看到頭頂熄滅的舞台燈，遙遠而黯淡。我揉揉臉孔，站起來。我注意到我的同事們臉上訝異的表情。

「課程就這樣嗎？」導演問。

「你要說是課程也可以。」

「嗯，謝謝你來這一趟。現在，抱歉要請你離開了，我們要開始為下一齣戲彩排了。」

「但是我還沒有結束。」

「或許下次再繼續吧。」

所有人似乎都對導演的反應感到困惑。我想，除了一開始有些懷疑以外，所有人都很喜歡這堂課——跟其他課程很不一樣，不用假裝是某個東西或某個人，不用想像自己是蘋果或蠟燭。不用圍成一個圓圈坐下來，手牽著手，彷彿在進行某種神聖儀式。那只是有點荒謬，而我們想知道這會帶我們到哪裡。

雅典娜沒有露出絲毫情緒，只是彎下腰，拿起她的袋子。就在這一刻，我們聽到前排的座位傳來一個聲音。

「太精彩了！」

賀倫走上來到她身邊。導演對賀倫有幾分畏懼，因為他認識他們報社的劇評家，跟許多媒體關係也很好。

「你們不再是個人，而變成了概念。可惜你們這麼忙，不過沒關係，雅典娜，我們可以找別的團體合作，我就可以看到你的『課程』的結尾了。我認識一些人。」

我還在想著穿過我全身到我肚臍的那道光。那個女人到底是誰？我的同事也經歷了相同的感覺嗎？

「等等。」導演說，他察覺到每個人臉上訝異的表情。「我想我們今天的排演可以延後——」

「不，千萬不要，而且我也得回報社，寫一篇這位女士的報導。你們繼續進行你們平常的工作吧。我找到一個精彩的故事了。」

就算雅典娜對這兩個男人的爭論感到不知所措，她也完全沒有表現出來。她走下舞台，跟賀倫一起離開。我們轉向導演，問他為什麼這樣反應。

「安德麗亞，我沒有冒犯的意思，但是我覺得那天在酒吧關於性的對話，比我們剛剛進行的這些胡扯的東西，要來得有意思多了。你們注意到她經常陷入沉默嗎？她根本不知道接下來要幹什麼！」

「但是我有一種很奇怪的感覺，」一位比較年長的演員說：「當她說『中心』時，我覺得好像我全部的生命力突然都集中到我的肚臍。我從來沒有過那種感覺。」

「你有那種感覺？你確定？」一個女演員問，而從她的語氣聽來，她也有同樣的經歷。

「那個女人，有點像是女巫。」導演打斷了他們的對話。「我們回來做正事吧。」

我們開始做平常的伸展練習、暖身和冥想，完全照規矩來。然後在一些即興創作後，我們就直接進入新劇本的台詞練習。慢慢的，雅典娜的存在似乎逐漸消失了，一切都恢復到原來的樣子——一個劇場，一個數千年前由希臘人創造的儀式，而我們已經慣於在當中假裝是不同的人。

但那純粹只是演戲。雅典娜不是這樣，而我決心要再見到她，尤其是聽到導演那樣說她之後。

賀倫・萊恩，記者

在雅典娜不知道的情況下，我就進行了跟那些演員一樣的步驟，服從她叫我們做的所有事，只是我一直睜著眼睛，以便觀察舞台上發生的事。她一說：「做一個代表中心的動作，」我就把手放在自己的肚臍上，而且很驚訝地看到所有人，包括導演在內，都做了一樣的動作。這是怎麼回事？

那天下午，我得寫一篇乏味的文章，關於來訪的一個國家元首——真的很無聊。為了在打公事電話之餘找點娛樂，我決定問辦公室裡的同事，如果我說「中心」這個字，他們會做出什麼動作。大部分人都拿政黨開玩笑。一個人指向地球的中心。還有一個把手放在心臟上。但是沒有人，沒有任何人，認為他們的肚臍是任何東西的中心。但是最後，我終於找到一個人，能對這個話題提供一些有趣的資訊。

我回到家時，安德麗亞已經泡過澡，擺好餐具，正等著我回來吃晚餐。她開了一瓶很貴的酒，斟滿兩個杯子，把其中一杯給我。

「昨天的晚餐如何？」

一個男人能夠生活在謊言中多久？我不想失去站在我面前的這個女人，她曾經與我共患難，在我覺得我的人生失去意義與方向時，始終陪在我身邊。我愛她，但是在我盲目闖進的瘋狂世界裡，我的心在遙遠的地方，試著適應它可能知道，卻無法接受的某件事：大到可以容納兩個人。

因為我從來不會為了單純的可能，放棄確定的事物，我試著盡可能降低在餐廳裡發生的事的重要性，主要也是因為根本沒發生什麼事，我們只是互相引述一個為愛痛苦的詩人的詩句。

「雅典娜是個很難了解的人。」

安德麗亞笑起來。

「男人一定就是因為這樣，而覺得她很迷人。她喚醒了你正在迅速消失的保護弱小的本能。」

我最好改變話題。我一直都相信女人有種超自然能力，能夠知道男人的靈魂裡發生的事。她們都是女巫。

「我一直在研究今天在劇場裡發生的事。你不曉得，不過我在整個練習當中都睜著眼睛。」

「你永遠都睜著眼睛。我想當記者的都是這樣吧。然後你要說，有一刻我們全都做出一樣的動作。我們排演後，在酒吧裡都在講這件事。」

「有個歷史學家告訴我，古希臘人會在一座神廟（編按：德爾菲的阿波羅神廟）裡，預測未來，而神廟裡有一顆大理石，就叫做『臍石』。那個時代流傳下來的故事說，德爾菲就是地球的中心。我去報社的檔案資料庫搜尋了一下：在約旦古城佩特拉，還有另一顆『圓錐臍石』，而它不只象徵地球的中心，還是整個宇宙的中心。這兩顆『臍石』都嘗試顯現出宇宙能量穿越的軸線，試圖以可見的方式，標示出只存在『不可見』的地圖上的東西。耶路撒冷也被稱為世界的肚臍，太平洋上的一座島也是，還有一個我現在記不起來的地方，因為我從來沒想過那個地方會是世界中心。」

「就像跳舞！」

「什麼？」

「沒什麼。」

「不，我知道你的意思——肚皮舞，世界上有紀錄的最古老的舞蹈，一切動作都從肚子出發。我之前不想提起這個主題，因為我告訴過你，我在特蘭斯伐尼亞看過雅典娜跳舞。當然她穿著衣服，但是——」

「——一切動作都從肚臍開始，然後慢慢散布到全身其他部位。」

她說得沒錯。

我最好再改變話題，談劇場、談無聊的新聞採訪，然後喝一點酒，最後上床做愛，而外頭正開始下雨。我注意到，在高潮的時候，安德麗亞的全身力量都集中在她的肚子上。我以前看過好幾次，但是從來沒有多想過。

安東・羅卡多，歷史學家

賀倫開始花大把錢打電話到法國，請我在週末前盡可能找到所有的資料，而且他不斷提到肚臍，這在我看來是全世界最無趣、最不浪漫的事。但是英國人看事情的方式跟法國人不同，所以我沒有多問問題，只是試著找尋科學對這個主題有什麼論證。

我很快就發現歷史知識並不足夠。我可以在這裡找到一座石碑，在那裡找到一個石桌形墓塚，但是奇怪的是，這些古老的文化全都對這個主題有一致的看法，甚至用同樣的字眼來定義他們認為神聖的地方。我以前從沒注意過這點，因此開始覺得有興趣。當我看到這麼多巧合之後，開始尋找可以補充的資料——人的行為與信仰。

我的第一個念頭，也是最合乎邏輯的解釋是：我們是由臍帶獲得滋養，因此認為肚臍是生命的中心，但我立刻就拋棄這個念頭。一位心理學家指出，這個理論毫無道理：人類的中心思想一直是「切斷」臍帶，而在此之後，大腦和心臟變成最重要的象徵。

當我們對某件事感興趣時，周圍的一切就似乎都與它有關（神祕主義者認為這些現象是「徵兆」，懷疑主義者說是「巧合」，心理學家說是「焦點集中」，但我還沒有找到歷史學家應該用什麼說法）。一天晚上，我正值青春期的女兒戴著一個肚臍環回家。

「你為什麼穿肚臍環？」

「因為我喜歡。」

一個完全自然而誠實的答案，即使對一個什麼事都要找出理由的歷史學家也是如此。我走進她的房間時，看到一張她最喜歡的流行女歌手的海報。她身體中間的一段赤裸著，而在牆上那張照片裡，她的肚臍確實像是世界的中心。

我打電話給賀倫，問他為什麼這麼感興趣。他第一次告訴我在劇場裡發生的事，以及在場所有人都不由自主地做出預料之外的相同反應。我不可能從自己的女兒身上得到更多資訊，因此我決定請教一些專家。

似乎沒有人真的感興趣，直到我找到方斯華．夏波卡，一位印度心理學家（編按：這位科學家要求更改他的姓名和國籍）。他正在設法改革目前所用的心理治療模式。根據他的說法，認為追溯童年可以化解創傷的概念從來沒有幫到任何人。許多在成年後已經克服的問題反而再度浮現，而且成年人開始把自己的失敗和挫折怪罪到父母身上。夏波卡正在與法國幾個心理分析協會對抗，而關於一些荒謬主題的對話，例如討論肚臍，似乎讓他放鬆下來。

他對這個主題感興趣，但並沒有在一開始就直接討論。他說，根據歷史上最受尊敬的心理分析學家之一，瑞士心理學家榮格的看法，我們都喝著同一個源頭的水。這個源頭叫做「世界的靈魂」。不論我們如何努力成為不同的個體，都仍然擁有一部分共同的記憶。我們都會尋找美的理想、舞蹈、神性，與音樂。

在此同時，社會則努力於定義這些理想在現實裡該如何顯現。舉例來說，現在的美的理想是要瘦，但是數千年前，所有女神的形象都是胖的。快樂也是一樣：有一連串的規範，如果你無法遵循，你的意識層面的頭腦就會拒絕認為你快樂。

榮格曾經把個人的進化分為四個階段：第一個階段是「角色」——就是我們每天戴著的面具，假裝自己是誰。我們相信這世界仰賴我們，我們是很好的父母，孩子不了解我們，老闆不公平，而所有人類的夢想都是永遠不必再工作，可以不斷旅行。許多人明白這個故事腳本有點不對勁，但是因為他們不想做任何改變，所以很快就把這個念頭逐出腦袋之外。少數人確實嘗試了解是什麼地方不對勁，於是他們找到「陰影」。

「陰影」就是我們的黑暗面，會指使我們該怎麼做、怎麼行動。當我們想脫離

「角色」、解放自己時，就會打開內心的燈光，而看到陰險、懦弱，和惡劣。「陰影」的存在是為了阻止我們進化，而且它通常都會成功，於是我們又跑回去找心生懷疑前的一切。但是有些人確實能在面對自己的陰險之後存活下來，說：「沒錯，我有一些缺點，但是我夠好，我要往前進。」

這時候，「陰影」就消失了，然後我們接觸到「靈魂」。

榮格所說的「靈魂」，並不是宗教意義上的靈魂，他說的是回歸到「世界的靈魂」，所有知識的源頭。本能變得敏銳，情緒變得激烈，對徵兆的詮釋比邏輯理性更重要，對現實世界的認知不再那麼僵化。我們開始掙扎著面對我們不熟悉的事物，開始有出乎我們自己意料的反應。

但我們發現，如果我們能夠引導這股源源不斷的能量，就能把它集中於一個明確的中心，也就是榮格所稱的，男人的「智慧老人」，或女人的「大地之母」。

容許這股能量顯現出來是很危險的。一般而言，達到這個階段的人經常會自認為是聖人，是靈魂的馴服者，是先知。一個人要有很高的成熟度，才可能接觸到「智慧老人」或「大地之母」的能量。

「榮格後來發瘋了。」解釋完榮格說的四個階段之後，我的朋友說。「他接觸到他的『智慧老人』之後，就開始說他受到一個叫做腓利門的靈魂指引。」

「而最後——」

「——我們來到肚臍的這個象徵。不只是人，社會也符合這四個階段。西方文明有一個『角色』，就是引導著我們的理想。而在文明試圖適應變化時，就會接觸到『陰影』，於是我們看到大規模示威，而其中群體的力量可以被操縱為善，或為惡。但突然間，『角色』或『陰影』對人類而言都不夠了，於是不得不大步躍進，與『靈魂』進行下意識的連結。新的價值觀開始浮現。」

「我也注意到這點。我發現崇拜神的女性面的信仰捲土重來。」

「很好的例子。而在這個歷史的終點，如果這些新的價值得以建立，整個族群就會連結到象徵，也就是現在的世代用來與古老知識溝通的密碼語言。其中一個重生的象徵就是肚臍。在執掌創造與毀滅的印度神祇毘濕奴的肚臍上，就坐著執掌生死輪迴的神。瑜珈認為肚臍是『脈輪』之一，是人體上神聖的點。原始部落過去經常選擇他們認為是世界肚臍的地方，建造紀念碑。在南美洲，進入出神狀態的人會說人類的真正原形是一個發光的卵，藉著由肚臍發出的細絲與其他人連結。『曼陀羅』，據說可以激發冥想的一種圖案，也是象徵這個意義。」

我把這所有資訊都在講好的日期前，傳遞給在英國的賀倫。我說那個成功激發團體中所有人做出同樣荒謬反應的女人，必定擁有驚人的力量，如果她有某種超自然的能力，我也不會太驚訝。我建議他更進一步的對她加以研究。

我從來沒有想過這個主題，也試著立刻忘掉這件事。但是我女兒說我的行為舉止很奇怪，只想著自己。簡單來說，我是在盯著自己的肚臍，無意義地空想。

狄德麗．歐尼爾，人稱艾達

「那根本是一場災難。你怎麼可以讓我以為我能夠教人？為什麼要讓我在別人面前丟臉？我應該乾脆忘了你這個人的存在。有人教我跳舞，我就跳舞。有人教我書法，我就練習書法。但是要求我去做這樣超過我能力的事，簡直是邪惡。所以我才坐火車來蘇格蘭，所以我才來這裡，好讓你看看我有多恨你！」

她無法停止哭泣。還好她把孩子留給她父母，因為她說話很大聲，口氣裡還有一絲酒味。我叫她進來。讓她在我家門口大聲吵鬧，對我已經不太好聽的名聲只有雪上加霜。許多人傳言說我招待男人與女人，還以撒旦之名辦性狂歡派對。

但她還是站在那裡，大吼：

「都是你的錯！你讓我丟臉！」

一扇窗戶打開，然後又一扇。任何人想改變世界的軸心，都必須準備好面對一項事實：她的鄰居恐怕不會很樂見其成。我走向雅典娜，做了她希望我做的事：用雙臂環抱住她。

她繼續哭泣，頭枕在我肩上。我很輕柔地扶她上階梯，走進屋裡。我泡了一些茶，茶的配方我沒有跟任何人分享，因為這是我的保護人傳授給我的。我把茶放在她面前，她一口氣喝光。這個行為顯示她對我的信任仍舊毫髮無傷。

「為什麼我會這樣？」她問。

這時我知道酒精的效力已經逐漸減退。

「我有愛我的男人，有一個崇拜我，把我當作偶像的兒子。我把我的養父母視為真正的親人，他們也願意為我犧牲性命。我去找尋我的生母，填滿了過去的空白。我有足夠的錢可以讓我三年不用做事，好好享受生活，可是我還是不滿足！

「我覺得痛苦又罪惡，因為神給了我悲劇，讓我設法克服，也給了我奇蹟，這是我努力得來的，但我始終都不滿足。我總是想要更多。我最不需要的就是去那間劇院，在我勝利的清單上增添一樁敗績！」

「你覺得你做錯了？」

她驚訝地看著我：

「你為什麼這樣問？」

我什麼都沒說，只是等她回答。

「不，我做對了。我跟一個記者朋友去那裡，而我完全不曉得要做什麼，但是突然許多東西像是憑空冒出來。我感覺大地之母在我身邊，引導我，指示我，讓我的聲音充滿我自己從未有過的自信。」

「那你為什麼還要抱怨？」

「因為沒有人了解！」

「那很重要嗎？重要到讓你要北上到蘇格蘭來，在所有人面前侮辱我？」

「當然很重要！如果我可以做任何事，而且知道自己做的是對的，不是應該至少受到愛慕和景仰嗎？」

所以這就是問題所在。我牽起她的手，帶她到幾個星期前，她坐著凝望蠟燭的那個房間。我叫她坐下來，試著冷靜一點，雖然我確定茶已經發揮功效了。我走進我的房間，拿了一面圓鏡，放在她面前。

「你擁有一切，你奮力爭取到屬於你的每一寸領土。現在看著你的眼淚。看著你的臉，還有刻在上面的痛苦。看著鏡中的這個女人，但是這一次不要笑，試著了解她。」

我給她時間去遵循我的指示。當我看到她如我希望的，進入了出神狀態，便繼續說：

「生命的祕密是什麼？我們稱它是『恩賜』或『恩典』。每個人都掙扎著要滿足於自己所有的。除了我。除了你。除了一些必須為更偉大的事物，做出微小犧牲的少數人。

「我們的想像力比我們周遭的世界龐大，我們可以超越自己的侷限。這在以前被稱為『巫術』，還好世界改變了，否則我們兩個都會被綁在柱子上燒死。當他們不再燒死女人之後，科學又為我們的行為找到另一個解釋，通常叫做『女性歇斯底里』。我們不再被燒死了，但這還是招來問題，尤其是在工作場所。但是不要擔心，最後他們一定會稱這是『智慧』。繼續看著鏡子。你看到誰？」

「一個女人。」

「在那個女人之外還有什麼？」

她遲疑。我再問，而她說：

「另一個女人，比我真實，比我聰明。彷彿她是一個不屬於我的靈魂，卻是我的一部分。」

「沒錯。現在我要請你想像煉金術裡最重要的象徵之一：曲成一個圈，並吞下自己尾巴的一條蛇。你想像得出來嗎？」

她點頭。

「那就是像你我這樣的人的人生。我們不斷地摧毀和重建自己。你生命的所有事物都遵循著同樣的模式：從失落到找回，從離婚到新歡，從在銀行工作，到在沙漠裡賣土地。只有一件事始終不變——你的兒子。他是那條連接的線，你必須尊敬這點。」

她又開始哭，但這次是不同的眼淚。

「你當初來這裡，是因為你在火焰中看到一張女性的臉。那張臉就是你現在可以在鏡中看到的臉，所以努力去榮耀它。不要因為其他人的想法而消沉，因為在幾年、幾十年，或幾百年內，那樣的想法就會被改變。現在就用別人只能在未來獲得的方式生活吧。

「你想要什麼？你不想要快樂，因為那太容易，也太無趣。你不能只想要愛，因為那是不可能的。你想要什麼？你想要你的生命有意義，你想要盡可能刺激的生活。這是一個陷阱，同時也是狂喜的源頭。試著警覺那危險，同時體會身為鏡中影像以外的那個女人，那份喜悅與冒險。」

她閉著眼睛，但我知道我的話已經深入她的靈魂，而且會留在那裡。

「如果你願意冒著風險，繼續教人，就繼續去做。如果你不想，那麼只要知道你已經比大多數人走得更遠了。」

她的身體開始放鬆。我把她抱在懷中，頭枕在我的胸口，直到她睡著。

我試著喃喃低語的告訴她一些事，因為我也經歷過相同的階段，我知道那有多困難——就如我的保護人所言，也如我自己從痛苦經驗中親身體會。然而，再怎麼困難，也不會減損這個經驗的趣味。

什麼經驗？身為凡人也身為神的經驗。從緊繃到放鬆，從放鬆到出神，從出神到與其他人有更強烈的接觸。再從那樣的接觸，回到緊繃，然後週而復始，就像那條吞下自己尾巴的蛇。

這不是容易的事，主要因為這需要無條件的，不畏懼痛苦、拒絕，和失落的愛。

只要她喝過這水一次，就永遠無法從其他源泉止渴了。

安德麗亞・麥凱，演員

「上次你提到蓋亞，說她創造了自己，並在一個男人的協助下，有了一個孩子。你說大地之母最終被男性的神祇取代，這點說得沒錯。但是你忘了希拉，你最喜愛的女神的一個後代。希拉更加重要，因為她比較務實。她統治天界與俗世、一年四季和暴風雨。根據你同樣引述的希臘人所說，我們在夜空中看到的牛奶河，也就是銀河，是她的乳房噴出的乳汁形成的。她的乳房想必很美，才讓無所不能的宙斯變成一隻鳥，以便對她為所欲為，不會被她拒絕。」

我們正在騎士橋的一間百貨公司裡走著。我先前打電話給她，說我想聊一聊，她便邀我來逛冬季大拍賣。如果能在一間安靜的餐廳一起喝茶或吃午餐，感覺會好得多。

「你兒子會在人群裡走丟。」

「不用擔心他。繼續說你剛才要說的。」

「希拉發現了宙斯的詭計，而逼宙斯娶她。但是在婚禮過後，這位奧林帕斯山的眾神之神又恢復他的花花公子本性，誘惑他遇到的任何女人，不論是女神或凡人。但是希拉仍舊保持忠誠。她不責怪丈夫，反而責怪這些女人行為放蕩。」
「我們不都這樣？」
我不知道她是什麼意思，因此我當作沒聽到她的話，繼續說下去。
「但之後她決定以其人之道還治其人之身，於是找了一個男神，或一個男人上她的床。等等，我們能不能休息一下，喝杯咖啡？」
但是雅典娜已經走進一間內衣店。
「你覺得好看嗎？」她問，拿起一套很挑逗的肉色胸罩與內褲。
「很好看。會有人看到你穿嗎？」
「當然，難道你以為我是聖人嗎？不過你繼續說希拉的故事吧。」
「宙斯對她的行為怒不可遏，但是希拉過著獨立自主的生活，對婚姻也毫不在乎了。你真的有男朋友嗎？」
「有。」
「我從來沒見過。」
她走到櫃台，付了錢，把那套內衣放進袋子裡。
「維爾若餓了，而且我想他對希臘神話一點興趣都沒有，所以你趕快講完希拉的故事吧。」

「其實結局蠻愚蠢的。宙斯因為害怕失去他的最愛，因此假裝要再結婚。希拉發現之後，覺得事情太過火了。愛人是一回事，但她從來沒想過離婚。」

「老掉牙，然後呢？」

「她決定去婚禮上大鬧一場，但結果發現宙斯要娶的是一座雕像。」

「那希拉怎麼做？」

「她大笑。這場鬧劇化解了他們之間的僵局，而她再度成為天界的王后。」

「很好。所以如果同樣的事發生在你身上——」

「怎麼樣？」

「如果你的男人跟別的女人在一起，不要忘了笑。」

「我不是女神。我不會就這樣算了。不過為什麼我從來沒見過你的男朋友？」

「因為他很忙。」

「你在哪裡認識他的？」

「在我以前上班的銀行。他在那裡有個戶頭。不過現在，如果你不介意的話，我兒子在等我了。你說得沒錯，我得看著他，不然他真的會在這麼多人當中走失。對了，我們下星期在我的地方有個聚會，你也在邀請之列。」

「是，而且我知道是誰籌劃的。」

雅典娜在我雙頰分別輕輕的親了一下。至少她已經懂我的意思了。

那天下午在劇場裡，導演特別告訴我，他不高興我安排一群演員去見「那個女人」。我解釋說那不是我的主意。賀倫對肚臍這個主題很入迷，而問我其他演員是否願意繼續被中斷的「課程」。

「話雖如此，」我補充說：「但是是我自己選擇問他們的。」

當然是我自己要問的，但是我最不希望的，就是讓他單獨去雅典娜家。

演員全都到齊了，但是導演決定不再做新戲的劇本排練，他改變了計畫。

「今天我們做心理劇練習（編按：一種心理治療技巧，讓當事人演出自己個人的經歷）。」

根本沒有必要。我們都知道這些角色在劇本描述的情境裡會有什麼行為。

「我可以提議一個主題嗎？」

大家都轉頭看著我。導演顯得有些意外。

「這是什麼，叛變嗎？」

「不是，聽我說。我們創造一個情境，假設一個男人在經歷許多困難後，終於讓一群人團結起來進行社群裡的一項慶典，例如，豐收慶典好了。但在這個時候，一個陌生女子出現，而因為她的美貌，還有各種流傳的謠言——比如說她是喬裝成凡人的女神之類的——結果使這個男人原本要用來恢復傳統的組織崩潰，因為組織的成員都去找這個女人。」

「但這跟我們現在正在排練的戲毫無關係啊！」一個女演員說。

但是導演知道我想做什麼。

「這個提議很好。我們開始吧。」

然後他轉向我說：

「安德麗亞，你可以當那個新來的女人。這樣你可以更加清楚地了解這個村子的情況。我就當那個想要保存舊傳統的好男人。團體的成員則是會固定上教堂，星期天會聚在一起幫社區服務，經常互相幫助的夫妻們。」

我們在地板上躺下，做一些放鬆動作，再開始做這個練習。練習其實很簡單，主角（這次是我）創造不同的情境，然後其他人對我做出反應。

當放鬆動作結束後，我把自己變成雅典娜。在我的想像裡，她就像撒旦一樣，在世界各地尋找掌控的對象，卻把自己偽裝成創造萬物，而且是無所不知的女神蓋亞。其他演員花十五分鐘配對成「夫妻」，互相熟悉角色，創造出共同的過去，包括小孩、農場、互相了解與友誼。當我覺得這個小世界已經準備好，便坐在舞台的一角，開始談論愛。

「我們身在這個小村莊裡，而你們認為我是個陌生人，因此很好奇我有什麼趣事可以告訴你們。你們不曾出遠門，不知道山的那頭有什麼，不過我可以告訴你們：你們不需要讚頌土地。土地永遠會對這個村莊慷慨。重要的是讚頌人。你們說你們會很愛旅行，但是你們用錯了『愛』這個字。愛是人與人之間的關係。

「你們的慾望之一是豐收，因此你們決定去愛土地。這更荒謬：愛不是一種慾望或知識或景仰。愛是一種挑戰，是一把看不見的火。所以如果你們以為我是這片土地上的陌生人，你們就錯了。萬事萬物對我而言都不陌生，因為我帶著力量和火焰而來。在我離開時，所有人都將改變。我帶來真正的愛，不是那種他們在書裡或童話故事裡描寫的愛。」

一對「夫妻」中的「丈夫」開始看著我。他的「妻子」開始憤怒。

在整個練習中，導演——或者說那個好男人——都在盡力解釋維持傳統、讚頌土地、請求土地今年如往年一樣慷慨，有多麼重要。但是我只講愛。

「他說土地需要儀式，但是我可以保證，如果你們有足夠的愛，就一定會有豐碩的收成，因為愛會改變一切的感情。但是我看到的是什麼？友情。熱情老早就消失了，因為你們都習慣了彼此。就因為如此，去年土地只給了這麼多，沒有更少也沒有更多。也就是因為這樣，在你們靈魂的黑暗處，你們默默地抱怨生命毫無改變。為什麼？因為你們總是試圖控制能改變一切的力量，讓生活可以繼續下去，不用面對任何重大的挑戰。」

好男人解釋道：

「我們的社區能夠存活下來，是因為我們一直尊敬天地的律法，連愛也要受這個律法指引。任何人如果不顧公眾利益地陷入愛河，都註定要生活在不間斷的恐懼中，恐懼傷害他的伴侶、惹惱他的新歡、失去他所建立的一切。沒有任何牽絆或歷史的陌生人可以愛怎麼說就怎麼說，但是她不知道我們多辛苦才有今天的一切。她不知道我們為孩子所做的犧牲。她不知道我們多麼不辭辛勞地工作，土地才會對我們慷慨，我們才能安心地生活，才能為未來存糧。」

一整個小時，我捍衛著吞噬一切的熱情，而那個好人則談論帶來寧靜與和平的感情。最後我只能自言自語，整個社區的人都圍到他身邊去。

我扮演這個角色，樂在其中，充滿了自己原來並不自知的信念。但是儘管如此，這個陌生人離開村子時，並沒有說服任何人。

這讓我非常、非常高興。

賀倫・萊恩，記者

我的一個老朋友經常說：「人的學習，百分之二十五來自老師，百分之二十五來自聆聽自己，百分之二十五來自朋友，百分之二十五來自時間。」在雅典娜公寓的那場聚會裡，當她試著做完她在劇場開始的課程時，我們都學到了一些東西，那學習來自於──嗯，我也不確定來自什麼。

她在她小小的客廳裡等我們，她的兒子也在。我注意到整個房間都漆成白色，而且完全空蕩蕩的，只有一件家具，上面擺了一套音響，還有一疊CD。我很訝異她兒子也在，因為他一定會覺得這個課程很無聊。我以為她會直接從停下來的地方開始，給我們一些單字，對我們下指令。但是她有不同的打算。她解釋說她要放一些來自西伯利亞的音樂，我們只要聽就好。

就這樣而已。

「冥想對我沒有任何幫助。」她說。「我只看到一些人閉著眼睛坐在那裡，嘴上掛著一抹微笑，或一臉嚴肅傲慢，專注在空無一物上，自認為接觸到神或女神。所以我們不如一起聽音樂吧。」

又是那種不自在的感覺，彷彿雅典娜並不清楚自己在做什麼。但是幾乎劇場的所有演員都到場了，包括導演在內。根據安德麗亞所言，他是來探查敵營的。

音樂戛然而止。

「這次我要你們照著跟音樂旋律毫無關係的節奏跳舞。」

雅典娜再度播放音樂，把音量調高，然後開始跳舞，而且完全不試圖做出優雅的動作。只有在上一齣戲扮演醉鬼國王的一個老男人照著她的話做。其他人都紋風不動。他們似乎都有點不自在。一個女人看了一下她的錶——才過十分鐘而已。

雅典娜停下來，環顧四周。

「你們為什麼都站著？」

「嗯，」一個女演員怯怯地說：「這樣做似乎有點可笑。我們受的訓練是要達成和諧，而非剛好相反。」

「照著我說的去做就好。你們需要一個解釋嗎？好吧，我就給你們一個解釋。只有在違反自己習慣的一切時，改變才可能發生。」

她轉向那個「醉鬼國王」，說：

「你為什麼願意不隨著音樂的節奏跳舞？」

「喔，反正我本來就沒有節奏感。」

所有人大笑，而籠罩在頭上的烏雲似乎消散了。

「好，現在我要再次開始，你們可以跟著我做或離開。這一次由我決定課程什麼時候結束。一個人能做的最挑釁的事，就是刻意違背自己認為好或美的東西，這就是我們今天要做的事。我們全都要跳舞跳得很難看。」

這只是一個實驗而已，而且為了不讓女主人尷尬，所有人都聽話的跳得很難看。我奮力地反抗自己的本能，因為你的身體自然而然的會想要跟隨那不可思議的、神祕的打擊節奏。我覺得自己好像在侮辱那些演奏的音樂家和創作的作曲家。我的身體許多次試圖對抗那種不和諧感，而我只能不斷強迫自己照著要求去做。那男孩一直邊跳舞邊笑，然後，到了某個時候，他突然停下來，在沙發上坐下，彷彿已經筋疲力竭。CD在音樂演奏當中被切斷。

「等等。」

我們都等著。

「我要做一件我從來沒有做過的事。」

她閉上眼睛，兩手抱住頭。

「我從來沒有不跟著節奏跳舞過——」

所以這項實驗對她比對我們任何人都痛苦。

「我覺得不太舒服——」

導演和我都站起來。安德麗亞憤怒地看了我一眼，但我還是走到雅典娜身邊。可是我還沒碰到她，她便叫我們都退回原位。

「有人有話想說嗎？」她的聲音聽來脆弱，發抖。她還是用手蓋著臉。

「我。」

是安德麗亞。

「請先抱起我兒子，跟他說他媽媽沒事。但是在必要的時間內，我要盡可能保持這樣。」

維爾若顯得很害怕。安德麗亞把他放到她膝上，輕輕拍他。

「你想說什麼？」

「沒什麼。我改變主意了。」

「這孩子讓你改變主意了。但是你儘管說吧。」

雅典娜慢慢移開雙手，抬起頭。她的臉像是一個陌生人。

「不，我不想說。」

「好吧。你，」雅典娜指著那個年長的男演員，「明天去看醫生。你之所以晚上失眠，要一直起來上廁所，是因為很嚴重的事，攝護腺癌。」

那男人的臉色一下子變得蒼白。

「還有你，」她指著導演，「接納你的性傾向。不要害怕。接納你其實討厭女人，愛男人。」

「你是說——」

「不要打斷我。我說這些不是因為雅典娜。我只是在說你的性傾向。你愛男人，我相信這沒有什麼不對。」

她說這些不是因為雅典娜？但是她就是雅典娜！

「還有你，」她指著我，「過來這裡。在我面前跪下。」

我害怕安德麗亞會有什麼反應，又因為所有人都盯著我而感到困窘，卻還是照她說的去做。

「低下頭。讓我摸你的頸背。」

我感覺到她手指施加的壓力，但沒有別的。我們保持這種姿勢將近一分鐘，然後她叫我站起來，回去座位。

「你以後不需要再吃安眠藥了。從現在開始，睡眠會回來。」

我瞄了安德麗亞一眼。我以為她會說什麼，但她的表情跟我一樣驚訝。

一個女演員，可能是所有人當中最年輕的，舉起了手。

「我想說話，但是我需要知道我在跟誰說話。」

「聖索菲亞。」

「我想知道——」

她環顧四周，顯得不好意思，但是導演點頭，叫她繼續。

「——我母親好嗎？」

「她就在你身邊。昨天，你出門的時候，她讓你忘了帶包包。你回去拿包包，卻發現你把自己鎖在外面，進不了門。結果你浪費了一整個小時找鎖匠，而本來你可以去赴預定的約會，見那個在等你的男人，而得到你想要的那份工作。但是如果那天早上的一切都如你的計畫，半年後你會死於一場車禍。昨天忘記帶包包，改變了你的人生。」

那女孩哭了起來。

「還有其他人想問什麼事嗎？」

另一隻手舉起來。是那個導演。

「他愛我嗎？」

所以她說的是真的。那女孩母親的故事在房間裡捲起了旋風般的情緒。

「你問錯了問題。你需要知道的是，你是否能夠給他，他需要的愛。那麼不論發生什麼事，或什麼事都沒發生，都會同樣讓你滿足。知道自己有愛人的能力，就已經足夠了。如果不是他，也會有別人。你已經發現一道泉源，只要讓它自由地流瀉，它就會充滿你的世界。不要保持距離，以便看清楚發生什麼事。不要等到確定之後才跨出第一步。當你給予，你就會得到，雖然有時候它會來自於你完全沒料到的地方。」

這些話也適用於我。然後雅典娜——或者不論是誰——轉向安德麗亞。

「你！」

我的血液凝結了。

「你必須準備好失去你創造的宇宙。」

「你所謂的『宇宙』是什麼意思？」

「是你認為你擁有的一切。你囚禁了你的世界，但是你知道你必須釋放它。我知道你了解我的意思，雖然你並不想聽。」

「我了解。」

我很確定他們在講我。這都是雅典娜故意安排的嗎？

「結束了。」她說。「把那孩子帶來給我。」

維爾若不想過去；他被他母親的轉變嚇壞了。但安德麗亞牽著他的手，帶他到她面前。

雅典娜——或是聖索菲亞，或莎琳，或者不管她是誰——做了她剛剛對我做的事，用手指按著這男孩的頸背。

「孩子，不要被你看到的事情嚇到。不要試著把這些推開，因為它們終究都會離開。在你還可以的時候，好好享受天使們的陪伴。你現在很害怕，但是你知道房間裡有很多人，讓你沒有那麼害怕。你本來在跳舞大笑，但是一看到我擁抱你母親，要求透過她說話，你就停了下來。但是你知道如果沒有她的允許，我是不會這麼做的。以前我都以光的形態出現，現在我也還是那道光，但是今天我決定開口說話。」

這小男孩用雙臂環抱住她。

「你們現在可以走了。讓我跟他獨處。」

我們一個接一個離開那間公寓，讓那個母親和她的孩子獨處。在回家的計程車上，我想跟安德麗亞說話，但是她說我們談什麼都可以，就是不能談剛剛發生的事。

我什麼都沒說。我的靈魂充滿哀傷。失去安德麗亞很難受。但在另一方面，我卻又感到無限平靜。這天晚上的事情讓我們所有人都產生了變化，而這表示我將不需要承受坐在深愛的女人身邊，告訴她我愛上別人的痛苦。

在這種情況下，我選擇沉默。我回到家，打開電視，而安德麗亞去泡澡。我閉上眼睛。當我睜開眼睛時，房間裡充滿了光。早晨已經來臨，我睡了十個小時。我身邊有一張紙條，安德麗亞在上面寫著她不想吵醒我，已經直接去劇場了，但是留了一些咖啡給我。這是一張浪漫的紙條，用口紅畫著裝飾圖案，還有一個心形。

她並不打算「放掉她的宇宙」。她要奮戰，而我的生活將變成夢魘。

那天晚上，她打電話回來，聲音中沒有流露任何特殊的情緒。她告訴我那個年長的演員去看了醫生。醫生檢查過後，發現他的攝護腺腫大。下一步是驗血，結果發現血中一種名為PSA的蛋白質含量明顯升高。他們採取了樣本做檢驗，但是臨床的照片已經顯示他很可能有惡性腫瘤。

「醫生說他很幸運，因為就算最糟的預測成真，還是可以動手術，而且治癒率高達百分之九十九。」

狄德麗・歐尼爾，人稱艾達

你在說什麼？聖索菲亞！那還是她，雅典娜，只是她碰觸到穿越她靈魂的河流的最深處，因此接觸到大地之母。

她所做的不過是看到在另一個現實發生的事。那個年輕女演員的母親已經過世，生活在時間之外，因此能夠改變事情的發展，而我們人類則只能知道現在。不過這不是小事：在潛伏的疾病惡化前先發現、碰觸神經系統、釋放能量，其實在我們所有人的能力範圍之內。

當然，許多人因此而被燒死，有些人被放逐，還有許多人最後躲起來，壓抑他們靈魂裡大地之母顯現的靈光。我從來不曾引導雅典娜接觸「力量」。她決定這麼做，是因為大地之母已經給了她各種徵兆：她是她跳舞時的那道光，她在她學習書法時化為文字，她在火焰中和鏡子裡對她現身。我的弟子不知道的是，如何與她共處，直到她做了一些事，激發了一連串的事件。

雅典娜總是教別人敢於不同，但是她基本上就跟所有凡人一樣。她有她自己的節奏，像是某種導航系統。她比大多數人好奇嗎？可能是。她克服了身為受害者的想法嗎？絕對是。她覺得需要把她所知的與別人分享，不論別人是銀行員工或演員？在某些時候，答案是肯定的，但有些時候，我則需要鼓勵她，因為我們生來就註定不該孤獨。只有從旁人眼中看到自己，我們才能了解自己。

但是我的干預只到此為止。

或許那天晚上大地之母想要現身，又或許她在她耳邊低語：「違反你到現在學到的一切。你是節奏的情人，要容許節奏穿過你的身體，但是不要服從它。」所以雅典娜才會提議要做那個練習。她的潛意識已經準備好接納大地之母，但是雅典娜自己仍舊跟隨著音樂起舞，因此任何外來的元素都無法顯現。

以前我也常經歷同樣的事。進入冥想和接觸那道光的最好方法就是編織。編織是小時候我母親教我的。我知道如何算針數，如何操縱棒針，如何經由重複與和諧創造出美麗的圖案。但是有一天，我的保護人叫我用完全不合理的方法編織！我發現那實在讓人痛苦，因為我一直學習如何在編織時投注感情、耐性，和專注。但是他堅持要我織得很差。

我就那樣織了兩個小時，一直想著這實在太荒謬、太可笑了。我覺得頭痛，但是我必須抗拒讓棒針引導我的手。誰都可以把事情做得很糟，所以他為什麼要叫我這麼做？因為他知道我對幾何對稱與完美和諧的執迷。

然後，突然間就發生了：我停下手中的棒針，感覺到一種龐大的空洞，而這空洞被一種溫暖、慈愛、友善的存在充滿。我周圍的一切都改變了，我很想說一些我平常不敢講的話。我並沒有失去意識；我知道我還是我，但很矛盾的，我也不是平常我習慣的那個人。

所以雖然我不在現場，但我可以「看到」發生了什麼事。雅典娜的靈魂跟隨著音樂，但她的身體卻走向完全不同的方向。一段時間之後，她的靈魂便脫離了她的身體，開啟了一個空間，讓大地之母終於可以進入。

或者應該說，是大地之母的一抹靈光現身。她很古老，但顯然還很年輕。她很聰慧，但並非無所不知。她很特別，但毫不傲慢。她的感知改變了，她開始看到她小時候常看到的事物——這個世界上平行存在的一個宇宙。在那樣的時刻，我們不但能看到人的身體，還能看到人的情緒。據說貓有這種能力，我相信。

實體的世界與精神的世界之間，有一道類似簾幕的東西，這道簾幕的顏色、密度，和光線都會改變；這也就是神祕主義者所謂的「靈氣」。從這裡開始，就都很簡單了。靈氣會告訴你發生了什麼事。如果我在那裡，她會看到我身體周圍有一圈藍紫色的光，當中還有一些黃色的斑點。這表示我還有很長的路要走，我在這地球上的使命還沒有完成。

跟人類的靈氣混雜在一起的還有一些透明的形體，也就是一般人說的「鬼魂」。那個年輕女孩的母親就是這種狀況，而且只有在這種情形，一個人的命運才可能被改變。我幾乎可以確定，那個年輕女孩在問問題之前，就已經知道她母親在她身邊，唯一讓她真正意外的，是那個包包的故事。

所有人面對那種違反節奏的舞蹈，都嚇到了。為什麼？因為我們習慣了每件事都照著「應該的方式」去做。沒有人喜歡做錯的動作，尤其是如果我們知道自己做錯的時候。連雅典娜也是。提議去做一件完全違背她所愛的事，對她而言一定很不容易。

我很高興大地之母在那時候贏了這場戰役。一個男人得以及時治療癌症，另一個男人接納了自己的性傾向，還有另一個不用再吃安眠藥。這都是因為雅典娜打破了節奏，在車子以最高速行駛時踩下煞車，把一切都弄得天翻地覆。

再回到我的編織這件事：我利用這種亂織的方法好一段時間，直到我能不藉助任何外在的方法，就能召喚女神現身，因為我已經了解而且習慣了。同樣的事也發生在雅典娜身上。一旦我們知道「感知的大門」在哪裡，當我們習慣了自己「奇特」的行為，就很容易把門開啟或關上了。

我還想提到一點，在那之後，我編織得更快更好，就像雅典娜一旦敢於打破這些疆界，她跳舞時就會更有靈魂和節奏了。

安德麗亞・麥凱，演員

故事像野火燎原一般傳開來。接下來那個星期一劇院休息，雅典娜的公寓裡則擠滿了人。我們全都帶了朋友來。她做了跟那天晚上一樣的事，叫我們一起沒有節奏地跳舞，彷彿她需要集體的能量，才能接觸到聖索菲亞。那個男孩子也在，而我決定盯著他。當他在沙發上坐下，音樂就停止，而她的出神狀態也就開始了。

問題也跟先前一樣。頭三個問題都是，你也想得到，都是關於愛情的——他會不會留在我身邊、她愛我嗎、他是否在欺騙我？雅典娜不發一語。第四個人發問，同樣沒有得到回答，於是又問了一次，這次她提高了聲音：

「他到底有沒有在欺騙我？」

「我是聖索菲亞，宇宙的智慧。我來到世上時，唯一伴隨我的就是愛。我是萬物的開端，而在我存在之前，世上只有渾沌。因此，如果你們當中任何人想要控制比渾沌更早存在的力量，不要來問聖索菲亞。對我而言，愛充滿了萬物。愛不是慾望，因為它只要存在，就已經完成。它無法背叛，因為它與擁有無關。它不能被禁錮，因為它是一條河流，會漫流到兩岸。任何人試圖禁錮愛，就會切斷餵養它的源頭，而被困住的水只會停滯腐臭。」

聖索菲亞環顧人群，當中大多數人都是第一次來，然後她開始指出她看到的事：疾病的威脅、工作上的問題、親子之間的摩擦、性慾問題、存在卻未被開發的潛力。我記得她轉向一個三十幾歲的女人，說：

「你的父親告訴你世界應該如何運作，女人的言行舉止應該如何。你一直在對抗自己的夢想。『我想』從來沒有機會探出頭來，總是被『我應該』、『我希望』，或『我需要』所淹沒。但你其實是一個很棒的歌手。一年的經驗就能讓你的工作大不相同。」

「但是我有丈夫，還有一個孩子。」

「雅典娜也有一個孩子。你的丈夫一開始會不高興，但是他最終還是會接受的。你不必是聖索菲亞也知道這點。」

「我可能已經太老了。」

「你在抗拒接受自己是誰，但那不是我的問題。我已經說了該說的話。」

慢慢的，小房間裡所有的人——我們沒辦法坐下，因為空間不夠。雖然冬天快過去了，每個人卻都滿頭大汗，而且對來參加這樣的活動感到荒謬——但我們一個個都被點名，接受聖索菲亞的建議。

我是最後一個。

「如果你不想再當兩個人，想成為一個人，那就在之後留下來。」

這次我沒有把她兒子抱在我腿上。他看著所有的事發生，而他們在第一次聚會後的談話，看來已經足以讓他不再恐懼。

我點頭。上次她要求大家讓她與兒子獨處後，大家便都離開，但這次不一樣，聖索菲亞在結束儀式之前，講了一番道理。

「你們來這裡，不是要獲得確定的答案。我的使命是要激發你們。在過去，統治者和被統治者都會祈求神諭，以預知未來。但是未來是不可靠的，因為未來取決於此時此地做下的決定。讓腳踏車繼續往前走，因為一旦你停止踩踏板，就會從車上摔下來。

「你們之中有些人來見聖索菲亞，只是希望她確認你們希望成真的事，這些人請你們不要再來。否則她就開始跳舞，並且讓你們身邊的人也開始跳舞。如果你想活在死亡的宇宙裡，命運不會憐憫你。新世界屬於大地之母，她帶著愛而來，要將天與水分開。相信自己已經失敗的人，必定會不斷失敗。決定自己的行為不可能不同的人，必定被一成不變毀滅。詛咒那些不跳舞也不讓別人跳舞的人吧。」

她的眼睛如火般燃燒。

「你們可以走了。」

大家都離開了，而我可以看出大多數人臉上都露出困惑的表情。他們是來尋求慰藉，卻只得到刺激。他們來到這裡，是希望聽到愛可以如何被控制，卻聽到吞噬一切的火焰會燒掉一切。他們想確定自己走的方向是對的，他們的丈夫、妻子，和老闆都對他們很滿意，卻只聽到懷疑的話語。

但也有人微笑著。他們已經了解舞蹈的重要，在那晚之後，無疑的會容許自己的身體與靈魂自由飄蕩——雖然一如慣例，他們一定得付出代價。

只剩下那個男孩、聖索菲亞、賀倫，還有我，留在房間裡。

「我要你單獨留下。」

賀倫不發一語地拿起外套離開。

聖索菲亞看著我。然後，我看到她一點一點的變回雅典娜。要描述那變化，只能用生氣的小孩發生的變化來相比擬：我們可以看到孩子眼中的怒氣，但是一旦注意力被分散，怒氣消失，那孩子就不再是幾分鐘之前還在大哭的那個孩子。那個「靈」，如果可以這樣稱呼的話，似乎在祂現身的工具失去專注力之後，就立刻消失在空氣中。

此刻站在我面前的，顯然是一個筋疲力竭的女人。

「幫我泡點茶。」

她居然在對我下命令！她已經不再是宇宙的智慧了，只是我的男友感興趣或迷戀的一個人。這段關係會把我們帶向何方？

但是泡一杯茶不會摧毀我的自尊。我走到廚房，燒了一點水，放進一點甘菊葉，然後回到客廳。那孩子在她膝上睡著了。

「你不喜歡我。」她說。

我沒有回答。

「我也不喜歡你。」她繼續說。「你很漂亮、優雅，有一定程度的文化和教育，這是我的家人很期望，但我卻沒有的。但你卻這麼沒有安全感，高傲而且多疑。就如聖索菲亞說的，你是兩個人，但你可以是一個人。」

「我不知道你記得自己在出神狀態時說的話。如果是那樣，那麼你也是兩個人，你同時是雅典娜，也是聖索菲亞。」

「我或許有兩個名字，但我只是一個人——或者是世界上其他所有人。這正是我想講的。因為我是一個人，也是所有人，所以在我進入出神狀態時顯現的靈光，給我非常明確的指示。當然我在整個過程中，意識都不是很清晰，但是我說的話是來自於我所不知的自己的某個部分，就像我在吸吮大地之母的乳房，喝下流過我們所有人靈魂、在這世界上傳播著知識的乳汁。上個星期，也就是我第一次接觸到這個新的形體時，我得到一個讓我覺得荒謬的訊息：我應該教導你。」

她停頓了一下。

「我當然覺得這個想法很瘋狂，因為我一點都不喜歡你。」

她再度停頓，這次比較久。

「但是今天，那源頭又重複同樣的訊息，所以我讓你來選擇。」

「你為什麼稱祂聖索菲亞？」

「那是我自己的主意。這是我在書上看到的一座很美麗的清真寺的名字。如果你願意，你可以當我的學生。你第一次來找我時，就是為了當我的學生。我人生中這個全新的階段，包括發現我內心的聖索菲亞，都是來自於有一天你從那道門走進來，說：『我在劇院工作，而我們正在籌備一齣關於神的女性面貌的戲。我從一位記者朋友那裡聽說你在巴爾幹的山區待了一段時間，可以告訴我你在那裡的經歷。』」

「你會教我你所知的一切嗎？」

「不，是我所不知道的一切。我會經由與你接觸而學習，就像我在我們初次見面時說的，也就像我現在說的。一旦我學到我必須學的，我們就分道揚鑣。」

「你能夠教你不喜歡的人嗎？」

「我能夠愛以及尊重我不喜歡的人。在我兩次進入出神狀態時，我都看到你的靈氣，那是我所見過最受到開發的靈氣。你可以改變這個世界，如果你接受我的提議。」

「你會教我如何看到靈氣？」

「在這種狀態第一次發生之前，我也不知道我有這種能力。如果你走上正確的道路，你也能學會。」

我在那時候發現，我也能夠愛我不喜歡的人。我說：「好。」

「那麼讓我們把你的接受轉化成一項儀式。這項儀式會把我們抛到未知的世界，但我們知道我們不能輕忽那個世界的事物。光說『好』是不夠的，你必須甘冒生命危險，而且不會猶豫再三。如果你是我所想那樣的女人，那麼你不會說：『我需要再想一想。』你會說——」

「我準備好了。我們開始進行儀式吧。對了，你是在哪裡學到這項儀式？」

「我現在才要學。我不再需要脫離自己平常的節奏，才能接觸到來自大地之母的靈光，因為一旦這靈光安置到你裡面，就很容易再找到它。我知道該打開哪扇門，儘管它隱藏在許多其他的出口和入口之間。我只需要一點靜默。」

又是靜默！

我們坐著，瞪大了眼睛，彷彿將要展開一場生死決鬥。又是儀式！在我第一次按下雅典娜公寓的門鈴前，我已經參與過許多儀式，但之後只覺得虛弱、被利用，站在一扇我能夠看見的門外，門卻沒有開啟。儀式！

雅典娜什麼都沒做，只是喝了一點我幫她泡的茶。

「儀式結束了。我要求你幫我做一件事。你做了，而我接受了。現在換你要求我了。」

我立刻想到賀倫，但是現在不是談他的好時機。

「脫掉你的衣服。」

她沒有問我為什麼。她看了一下孩子，確定他在睡覺，然後立刻開始脫上衣。

「不，真的不用，你不用這樣。」我說。「我不知道我為什麼這樣說。」

但是她繼續脫，先是她的上衣，然後她的牛仔褲，接著是她的胸罩。我注意到她的胸部，那是我看過最漂亮的胸部。最後她脫掉內褲。她就這樣站在那裡，赤裸裸的面對我。

「賜福給我。」雅典娜說。

賜福給我的「導師」？但是我已經做了第一步，不能現在停下來，因此我用手指沾了一點杯裡的茶水，灑在她全身各處。

「就如這植物被轉變為茶，如這水與這植物合而為一，我賜福給你，並祈求大地之母，讓流出這水的源頭永不枯竭，讓這植物長出的土地永遠豐饒。」

我很意外自己說出這些話。它們並不來自我的內心，也不來自於外界。感覺好像我老早就知道這些話，也已經做過這件事無數次。

「你已經受到賜福。你可以著衣了。」

但是她沒有動作，只是微笑著。她想幹什麼？如果聖索菲亞能夠看到靈氣，她就應該知道我毫無慾望跟另一個女人做愛。

「等一等。」

她抱起那男孩，把他放到房間裡，然後立刻回來。

「你也脫掉衣服。」

是誰在要求？是說我有潛能，是她最完美門徒的聖索菲亞？還是我根本不認識，而似乎做得出任何事，並且從人生經歷中學會超越侷限，滿足任何好奇的雅典娜？

我們已經進入類似對峙的狀態，無法從中撤退。我也用同樣漠不在乎的態度開始脫衣，眼中有同樣的微笑和表情。

她牽起我的手，我們在沙發上坐下。

接下來半個小時裡，雅典娜和聖索菲亞都在。她們想知道我的下一步是什麼。當她們問我這個問題時，我看到一切真的都明明白白的寫在我眼前，而過去門一直關著，只是因為我始終不了解我就是世界上唯一有權力去打開它的人。

賀倫・萊恩，記者

副主編交給我一捲錄影帶，我們一起進放映室看。這捲錄影帶是在一九八六年四月二十六日早晨拍攝的，影片中顯示的是一個普通小鎮的日常生活。一個男人坐著喝咖啡。一個母親帶著小寶寶散步。許多人匆忙地趕著去上班。幾個人在公車站等車。一個男人坐在廣場的一張長椅上，正在看報。

但是錄影帶有點問題。螢幕上有好幾條水平線，像是追蹤器需要調整。我站起來要去調，但副主編阻止了我。

「本來就是這樣。繼續看。」

這個小鎮的影像繼續出現，但是除了普通日常生活的情景之外，沒有任何有趣的東西。

「在這當中，有些人可能知道兩公里外發生了一場意外，」我的上司說：「也可能知道有三十人死亡——人數很多，但不足以改變這個小鎮居民習慣的日常生活。」

現在影片中顯現停著的幾輛校車。這些車會在這裡停很多天。影像變得越來越慘。

「不是追蹤器的問題，是輻射。這捲錄影帶是前蘇聯祕密警察拍的。四月二十六日晚上，凌晨一點二十三分，烏克蘭的車諾比電廠發生了史上最嚴重的人為災害。一座核子反應爐爆炸，讓附近區域的人暴露在比廣島原子彈高出九十倍的輻射之下。整個地區的人都應該被立刻撤離，但是沒有人說話——畢竟他們的政府是不會犯錯的。直到一星期過後，一份當地報紙才在第三十二版刊登了一篇只有五行的文章，報導工人死傷的消息，但是沒有提出任何進一步的解釋。在此同時，前蘇聯各地還熱烈慶祝勞工節，在烏克蘭首都基輔，許多人在大街上遊行，完全不知道空氣中存在著看不見的死亡威脅。」

然後他做出結論：

「我想要你去看看車諾比現在是什麼樣子。你剛被晉升為特派員。你會得到百分之二十的加薪，還可以建議我們應該刊登什麼樣的文章。」

我應該高興得跳起來，但是我卻被一股強烈的悲傷籠罩。但我必須隱藏我的情緒。我不可能跟他爭論，說我此刻的生活裡有兩個女人，說我不想離開倫敦，說我的人生和我的心靈平靜都岌岌可危。我問什麼時候要走。他說越快越好，因為據傳其他國家都正在大幅增加核能的產量。

我設法協商出一個脫身的方法，說我要先找專家談一談，真正了解這個主題，一旦我蒐集到必要的資訊，就會立刻出發。

他同意了，握了我的手並恭喜我。我沒有時間跟安德麗亞談，因為我回到家時，她還在劇院裡。我很快就睡著了，同樣又在醒來時發現她的字條，說她已經去工作了，咖啡在餐桌上。

我到辦公室，試著討好剛剛「提升我生活」的上司，打電話給幾個輻射和能源方面的專家。結果我發現，全球總共有九百萬人直接受到這場災難的影響，包括三百萬到四百萬的兒童。根據專家約翰．高夫曼的說法，一開始只有三十人的死亡數字，後來演變成四十七萬五千個致死的癌症病例，以及同樣多的非致命癌症病例。

總共有兩千個小鎮和村莊直接從地圖上消失。根據白俄羅斯健康局的研究，因為輻射量持續維持在高濃度，甲狀腺癌症的病例在二〇〇五到二〇一〇年間將會大幅增加。而另一位專家則解釋說，除了直接暴露於輻射的九百萬人以外，全世界許多國家還有超過六千五百萬人因為吃下被污染的食物，而間接受到影響。

這是一個嚴肅的議題，應該審慎處理。當天下班前，我回去找副主編，提議我在這件意外的週年紀念當天去車諾比採訪，在此之前則可以做更多研究、找更多專家商談，並了解英國政府對這件悲劇的反應。他同意了。

我打電話給雅典娜。既然她宣稱她跟蘇格蘭警場的人交往，那麼現在請她幫忙正是時候。反正車諾比事件已經不再被列為機密，而蘇聯也已經不存在了。她答應她會跟她的「男朋友」談，但是無法保證能得到我要的答案。

她也說她隔天要去蘇格蘭一趟，要等到下次團體聚會之前才會趕回來。

「什麼團體？」

就是那個團體，她說。所以這已經變成固定聚會了？我想知道的是我們什麼時候能見面好好談一談，釐清一些未解決的事情。

但是她已經掛斷了。我回家，看新聞，獨自吃晚餐，之後出門去劇院接安德麗亞回家。我到那裡的時候，剛好看到整齣戲的結尾，而我很驚訝地發現，舞台上的那個人一點都不像那個與我同居將近兩年的人。她的每個姿勢都帶著神奇的感覺，她的獨白和對白都異常的強烈。我看到一個陌生人，一個我希望能在我身邊的人。但接著我明白她已經在我身邊，而且絕對不是一個陌生人。

「你跟雅典娜談得怎麼樣？」我在回家的路上問道。

「還好。你今天上班都還好？」

她改變了話題。我告訴她我獲得升遷，還有車諾比的事，但是她似乎不感興趣。我開始覺得我還沒有獲得我希望贏得的愛，就即將失去已經擁有的愛了。但是我們一到公寓，她就提議我們一起泡澡，然後不知道怎麼回事，我們就到了床上。首先她放了那張打擊樂，調到最高音量（她解釋說她想辦法拿到了一張拷貝），還叫我不用擔心鄰居——她說，大家都太擔心鄰居怎麼想，以至於從來沒能好好過自己的生活。

在那之後發生的事超過我能了解的範圍。是這個跟我狂野做愛的女人終於發現了自己的性慾嗎？是那個女人教她或激發她的嗎？她以我從來沒見過的暴力緊黏住我的身體，同時不斷地說：

「今天我是你的男人，你是我的女人。」

我們就像這樣持續了將近一個鐘頭，而我經歷了我以前從來不敢經歷的。其中有些時刻，我幾度覺得羞愧，想叫她停止，但是她似乎完全掌控了情況，因此我投降了，因為我別無選擇。而且事實上，我覺得很好奇。

結束之後，我已經筋疲力竭，但是安德麗亞似乎重新充滿了精力。

「在你睡覺之前，我希望你知道一件事。」她說。「如果你往前走，性會讓你有機會與眾神和眾女神做愛。這就是你今天體驗到的。我希望你在睡覺前，知道我喚醒了你體內的大地之母。」

我想問她是不是從雅典娜那裡學到這些，但是我鼓不起勇氣。

「告訴我，你喜歡當一天晚上的女人。」

「我喜歡。我不知道我會不會一直都喜歡，但是這讓我覺得驚嚇而且刺激，也給我很強烈的快感。」

「告訴我，你一直都想體驗你剛剛體驗到的。」

在某種情境下身不由己是一回事，但是冷靜地加以評論則完全是另一回事。我沒有說話，但是我確定她知道我的答案。

「嗯，」安德麗亞繼續說：「這一切都在我體內，我卻完全不知道。就像今天我在舞台上時，卸下面具後的那個人。你注意到有什麼不一樣嗎？」

「當然有，你散發出一種特殊的光芒。」

「魅力——在男人和女人身上都會展現的一種神聖的力量。一種超自然能力，我們不需要顯現給誰看，因為所有人都看得到，即使是平常很遲鈍的人。但是只有在我們赤裸裸的時候，在我們在這世界死去，而自己重生時，這魅力才會出現。昨晚我死去了。今天，當我走上舞台，看到我正在做我自己選擇做的事，我便從自己的灰燼中重生了。我一直想做自己，卻未曾做到過。我一直努力要讓別人欣賞，要說話機智有趣，要討好我的父母，同時利用所有可能的工具，來做我真正想做的事。我一直用血、淚，和意志力來打造我的路途，但是昨晚，我發現我用錯了方法。我的夢想並不要我這樣。我只需要完全對它臣服，如果我發現自己感到痛苦，只要咬緊牙關，因為痛苦一定會過去。」

「你為什麼要跟我說這些？」

「讓我說完。在那條痛苦似乎是唯一法則的道路上，我為一些根本無須掙扎的事掙扎。例如愛情。愛情完全取決於個人的感覺，世界上沒有一種力量能夠強迫一個人感覺到愛。我們可以假裝彼此相愛，可以互相習慣，可以一輩子生活在一起，對彼此保持友誼與牽掛，可以共同扶養孩子，可以每晚享受性愛，達到高潮，但仍舊覺得當中有種可怕的空虛，覺得少了某種重要的東西。我以我學到的關於男女關係的一切發誓，我一直努力對抗並不真的值得掙扎的事物。這包括了你。

「今天，當我們做愛時，當我給予我所有的一切時，我可以看到你也在給予你最好的部分，但是你的最好已經不再讓我感興趣。今晚我會睡在你身邊，但是明天我就會離開。戲劇是我的儀式，在那裡我可以表達和發展我想表達和發展的一切。」

我開始對一切感到後悔——去特蘭斯伐尼亞，認識一個可能毀滅我人生的女人，安排「團體」的第一次聚會，在那間餐廳告白我的感情。這一刻，我恨雅典娜。

「我知道你在想什麼。」安德麗亞說。「你認為你的朋友雅典娜把我洗腦了，但事實並非如此。」

「我是個男人，即使今天在床上我的行為像個女人。我是瀕臨絕種的動物，因為我並沒有見到周圍有多少男人會願意冒我剛剛冒的險。」

「我相信你說得沒錯，因此我才敬佩你，但是你不問問看我是誰，我想要什麼，我渴望什麼嗎？」

我問了。

「我想要一切。我想要野蠻和溫柔。我想要惹惱鄰居，也想安撫他們。我不希望我的床上有個女人，我想要一個男人，真正的男人，例如像你。不論他們愛我或者只是利用我，都無所謂。我的愛能包容這些。我想自由地愛，也想讓我身邊的人能同樣地愛。

「我跟雅典娜的談話只是一種簡單的方法，用來喚醒被壓抑的能量，就像做愛，或者就像走到大街上，大喊：『我在這裡。』沒有什麼特別的，沒有什麼神祕的儀式。我們的會面唯一有點特別的地方，是我們兩個裸裎相對。從現在開始，我們會在每週一會面，如果我有任何話想說，我會在會面之後說。我並不打算跟她交朋友，我們的關係就像她覺得需要分享一些事的時候，會去蘇格蘭跟那個叫艾達的女人談話一樣。你好像也認識她，雖然你從來沒有提過她。」

「我根本不記得見過她！」

我感覺安德麗亞正在逐漸冷靜下來。我煮了兩杯咖啡，然後我們一起喝咖啡。她恢復了平常的微笑，詢問我升遷的事。她說她擔心週一的聚會，因為她那天早上才聽說許多朋友的朋友又邀了其他人，但是雅典娜的公寓其實很小。我花了極大的力氣假裝當晚發生的事都只是她在發神經，或月經來臨前的緊張，或只是忌妒。

我張開雙臂抱住她，她鑽進我的胸口。儘管我自己疲憊不堪，我還是等她先睡著。那天晚上，我一夜無夢。我沒有任何不好的預感。

然後隔天早上，我醒來的時候，看到她的衣服都不見了，鑰匙在餐桌上，而且連一封道別的信也沒有。

狄德麗·歐尼爾，人稱艾達

大家都會讀關於女巫、精靈、超自然現象和小孩子被惡靈附身的故事，也會去看電影演出包括了五角星、劍和招靈的儀式。這都無所謂，人需要讓自己的想像力自由馳騁，也需要經歷一些階段。任何人如果能經歷這些階段，而不被欺騙，最終就會接觸到「傳統」。

真正的「傳統」是這樣的：導師永遠不會告訴弟子應該做什麼。他們只是旅伴，在面對不斷改變的感知、逐漸擴大的地平線、關閉的門、似乎擋住去路但其實根本不需要跨越，而是應該追隨的河流時，互相分享同樣的不自在的「疏離」感受。

導師與弟子只有一點不同：前者比後者稍微不害怕一點。因此，當他們坐在一張桌子或一堆火前，比較有經驗的那個人可能會說：「你為什麼不這麼做？」但是絕對不會說：「往那裡去，你就會到達我到達的地方。」因為每條路和每個目的地，都因人而異。

真正的導師會讓弟子有勇氣把自己的世界搞得天翻地覆，即使弟子害怕已經遭遇到的事，更害怕下一個轉角會碰到什麼事。

我當時還是個年輕而充滿熱忱的醫生，滿腔熱血地想要幫助人。我參加由英國政府執行的一個交換計畫，而旅行到羅馬尼亞內陸。我有很清楚的概念，認定人的行為應該如何、我們需要什麼才會快樂、我們應該懷抱什麼樣的夢想，以及人的關係應該如何演變。我在最血腥瘋狂的獨裁政府執政時來到布加勒斯特，然後到特蘭斯伐尼亞去協助當地人施打天花疫苗的大規模計畫。

我當時並不了解我只是非常複雜的棋盤上的一個棋子，看不見的手正在操縱我的理想主義，我相信是為了人道目的而做的一切，背後其實隱藏著別的居心：是為了穩定獨裁者的兒子主掌的政府，讓英國政府可以賣軍火到蘇聯主宰的市場。

當我看到根本沒有足夠的疫苗可以施打、發現還有其他疾病橫掃這個地區，以及不論我多少次寫信要求更多資源，卻從來沒有得到時，我所有行善的理想都崩潰了。我被告知除了被要求的事以外，不要去管其他任何事。

我覺得無力又憤怒。我這麼接近地目睹貧窮，只要有人願意給我一點錢，我就能改變，但是他們卻對結果不感興趣。我們的政府只想要媒體刊登幾篇文章，好讓他們可以對政黨或選民說他們已經派了團體到全世界各地去進行人道救援工作。他們的用意是好的——當然，除了想賣武器以外。

我陷入絕望。這是什麼樣的世界？一天晚上，我走進冰冷的森林裡，詛咒上帝，因為祂對所有人、所有事，都是這麼不公平。我坐在一棵橡樹底下時，我的保護人走近我。他說我可能會冷死，我回答說我是醫生，我知道人體的極限，只要我覺得自己接近極限了，就會回到帳篷去。我問他在那裡做什麼。

「我在跟一個聽得到我的女人說話，在這個所有人都聾了的世界裡。」

我以為他指的是我，但是他指的女人其實是森林本身。當我看到這個男人在樹木當中遊蕩，做出各種姿勢，說著我聽不懂的話時，一種平靜的感覺逐漸在心裡滋生。畢竟我不是這世界上唯一一個只能自言自語的人。當我起身要回帳篷時，他再度走近我。

「我知道你是誰。」他說。「村裡的人說你是個很好的人，總是非常好脾氣、願意幫助別人，但是我看到別的東西：憤怒與挫折。」

他很可能是政府的間諜，但是我決定告訴他我所有的感覺，即使可能因此被捕。我們一起走到我工作的野戰醫院；我帶他到宿舍裡，當時宿舍空無一人（我的同事都去鎮上舉行的年度慶典了），然後我問他要不要喝杯酒。他從口袋裡拿出一個瓶子。

「裴林卡。」他說，他指的是羅馬尼亞傳統的一種酒，酒精含量高得驚人。

「我請客。」

我們一起喝酒，而我根本沒有注意到自己喝醉了。直到我想去上廁所，結果絆到一樣東西，整個人跌在地上，才發現自己的狀態。

「不要動，」這男人說：「看看你眼前有什麼。」

一列螞蟻。

「牠們都認為自己很聰明。牠們有記憶力、智力、組織能力，和犧牲精神。牠們在夏天尋找食物，儲存起來過冬，現在，在這寒冷的春天，牠們再度開始工作。如果明天這世界被原子彈摧毀了，螞蟻還會存活下來。」

「你怎麼知道這些？」

「我研究過生物學。」

「你為什麼不去設法改善你自己的同胞的生活？在森林當中跟那些樹說話幹什麼？」

「首先，我不是一個人，除了那些樹之外，你也在聽我說話。但是關於你的問題，答案是我不再研究生物學，改行當了鐵匠。」

我掙扎著站起來。我仍然頭昏目眩，但是我的腦袋還夠清楚，能了解這可憐男人的處境。儘管有大學學歷，他還是沒辦法找到工作。我告訴他，我的國家也有同樣的事。

「不，我不是這個意思。我不再讀生物學，是因為我想做鐵匠的工作。從小我就很著迷於看那些男人敲打鋼鐵，製造出奇特的音樂，弄得火花四濺，把燒紅的鐵放進水裡，冒出一陣陣水蒸氣。當生物學家的我並不快樂，因為我的夢想是讓堅硬的鋼鐵變成柔軟的形狀。然後有一天，一個保護人出現。」

「一個保護人？」

「這樣說吧，看到這些螞蟻做著牠們與生俱來被設定要做的事，你很可能驚呼：『太了不起了！』兵蟻天生就準備隨時為蟻后犧牲性命，工蟻可以搬運自己體重十倍重量的物體，擔任工程師的螞蟻則會製造能夠抵抗暴風雨和水災的隧道。牠們會與敵人作殊死戰，會為社群犧牲自己，從來不會問：『為什麼我們要這麼做？』人類試圖模仿螞蟻的完美社會，而身為生物學家的我，也在扮演我的角色，直到有一天有一個人來問我這個問題：『你做你現在做的事，覺得快樂嗎？』我說：『當然快樂，我對我的同胞很有用。』『這樣就夠了嗎？』

「我不知道這樣是不是就夠了，但是我說我覺得他既自大又自私。他回答：『也許是。但是你會達到的只是重複人成為人以來就已經做到的事——讓一切井井有條。』

「『但是這個世界已經進步了。』我說。他問我對歷史是否有任何了解。我說當然有。他於是問了另一個問題：『幾千年前，我們不是就已經能夠建造像金字塔這樣龐大的建築物了？不是就已經能夠崇拜神祇、紡織、生火、找到愛人與妻子、傳送書寫的訊息？當然是。但是我們雖然成功地用領薪水的奴隸替代了奴隸，我們獲得的一切進展卻都是在科學領域。人類問的問題仍舊跟他們的祖先一樣。簡而言之，他們根本沒有進化。』這時候，我了解問我問題的這個人是上天派來的人，是一個天使、一個保護人。」

「你為什麼稱他是保護人？」

「因為他告訴我，世界上有兩種傳統，一種是要我們尊敬同一件事物，持續好幾百年，另一種傳統則是開啟通往未知的門。但是第二種傳統既困難，又不舒服，又危險，而且如果它吸引了太多追隨者，到最後就會摧毀遵循著螞蟻的典範而花了這麼長時間建立起來的社會。因此第二種傳統便轉入地下，而它能夠倖存這麼多個世紀，是因為它的追隨者創造了一套祕密的徵兆語言。」

「你有繼續追問下去嗎？」

「當然有，因為我雖然否認，但他知道我對自己當時做的事並不滿足。我的保護人說：『我也害怕跨出不在地圖上的步伐，但是無視於恐懼地跨出這些步伐，讓我的人生變得有趣多了。』我詢問更多關於傳統的事，他的回答類似這樣：『如果上帝只是個男人，我們就永遠有足夠的食物可吃、有地方可住。而當大地之母重獲自由，我們可能要睡得很辛苦、憑藉著愛生活，但我們可能得以平衡情感與工作。』後來我明白這個男人就是我的保護人，而他問道：『如果你不是生物學家，你希望當什麼？』我說：『一個鐵匠，但是他們賺的錢太少。』他回答：『好，等你厭倦了不做自己時，就去享樂、讚頌生命吧，把鋼鐵鍛鍊成形。到時候你會發現那帶給你的不只是樂趣而已，還會給你意義。』『我要怎麼追隨你說的那個傳統？』我問。『就像我之前說的，藉由象徵。』他回答。『開始去做你想做的事，一切就會向你揭露。相信神就是大地之母，會照顧她的孩子，絕不會讓壞事發生在孩子身上。我這樣做，而我活下來了。我發現同樣也有其他人這麼做，而他們被認為是發了瘋、不負責任，或迷信。從不復記憶的年代開始，他們就在大自然中尋找啟發。我們會建造金字塔，我們也會發展象徵符號。』

「他說完這些就走了，從此我再也沒有見過他。我只知道，從那時候開始，象徵確實開始出現，因為我的眼睛因為那場對話而打開了。雖然很困難，但是一天晚上，我終於告訴我的家人，雖然我擁有任何人所能夢想的一切，但我並不快樂。事實上，我生來就是要當一個鐵匠。我的妻子抗議，她說：『你身為吉普賽人，必須承受數不清的羞辱，才得到今天的一切，而你卻想走回頭路？』但是我兒子卻興奮極了，因為他也喜歡看我們村裡的鐵匠工作，討厭大都市裡的實驗室。

「我開始分出時間，一邊做生物學研究，一邊在一位鐵匠手下當學徒。我經常覺得很累，但我比以前快樂多了。有一天，我辭去工作，成立了自己的鐵匠坊，但是從一開始就一塌糊塗。正當我開始相信生命時，一切越明顯地每況愈下。有一天，我正在埋頭工作，突然看到眼前出現一個象徵。

「未經錘鍊的鋼來到我的工作坊，然後我必須把它轉變成汽車零件、農耕器具、廚房用具。你知道這是怎麼做的嗎？首先我把鋼加熱到火紅，然後用我最重的錘子毫不留情地加以捶打，直到它變成我要的形狀。然後我把它丟到一桶冷水裡，掀起一陣蒸騰的水蒸汽，充滿整個工作坊，同時鋼鐵因為溫度的突然變化而發出吱吱或劈哩啪拉的聲響。我必須重複同樣的過程，直到我要做的東西完美為止：一次並不足夠。」

這個鐵匠停頓了很久，點起一根香菸，然後繼續說：

「有時候我手上的鋼根本經不起這樣的處理。高溫、捶打，還有冷水，導致它出現裂痕。於是我知道我絕對不可能把它做成好的犁頭或引擎軸。於是我便把它丟在我煉鐵廠門口的廢鐵堆上。」

又是一段很長的停頓後，這個鐵匠說了結論：

「我知道神正把我丟進苦難的烈焰裡。我已經接受了生命給我的重擊，有時候我也覺得自己就像讓鋼如此痛苦的水那樣冰冷無情。但我一直禱告同一件事：『神哪，我的母親，求求祢，不要放棄我，直到我達到祢希望的形狀為止。求祢用祢認為最合適的任何工具，不論花多長時間都好，但是請不要把我丟在廢棄的靈魂堆上。』」

我跟那個男人說完話時，可能已經喝醉了，但是我知道我的人生從此改變了。我們所學的一切，背後都有一種傳統，而我必須去尋找那些有意識或無意識的、顯現神的女性面貌的人。我決定與其詛咒我的政府和所有的政治詭計，還不如去做我真正想做的事：治療人。我對其他事情毫無興趣。

由於缺乏必要的資源，我轉而求助於當地人。他們引導我進入草藥的世界。我發現那裡有一種可追溯到幾百年前的、廣為人知的傳統。這項傳統藉由經驗，而非技術性的知識，代代相傳下來。由於他們的幫助，我所能做的，遠超過原來可能的範圍，因為我在那裡不是只為了完成一項大學的功課，或幫助我的政府販賣軍火，或不自覺地幫忙做政黨政治的宣傳。我在那裡，是因為治療人讓我快樂。

這讓我接近大自然，接近口述傳統，和植物。回到英國後，我跟其他醫師聊天，我問他們：「你每次都很清楚要開哪些藥嗎？或者有時候是靠直覺的指引？」幾乎絕大多數人，在卸下防衛時，都會承認他們經常受到內心一個聲音的指引，而如果他們忽視這個聲音的忠告，結果就會開錯處方。顯然他們會利用所有可運用的科技，但是他們知道有一個角落，一個黑暗的角落裡，潛藏著治療的真正意義，以及最好的決定。

我的保護人讓我的世界完全翻轉——即使他只是個吉普賽鐵匠。我以前每年至少去他的村子一次，然後我們會談論當我們敢於用不同的眼光看事情，生命在我們眼中就會豁然開朗。在其中一次拜訪時，我遇到他其他的弟子，我們一起討論我們的恐懼和克服恐懼的勝利。我的保護人說：「我也會感到害怕，但是在這樣的時刻，我才會發現原本無法獲得的智慧，然後我就繼續向前。」

現在在愛丁堡當執業醫生很賺錢，如果我去倫敦工作，可以賺更多錢，但是我寧可好好利用人生，空出一些時間。我做我想做的事：我把古人的療癒方法，也就是神祕傳統，結合現代醫學的最尖端科技，也就是沿襲自希臘醫生希波克拉底的傳統。我正在寫一篇有關這個主題的論文，而在這個「科學」領域的許多人，在看到我的文章刊登在專科醫師的期刊上時，將會敢於跨出他們心底深處一直想跨出的那一步。

我不相信心是所有疾病的源頭，有些疾病是真實存在的。我認為抗生素和抗濾過性病毒藥物的發現是人類的重大進展。我不相信我的病人如果得了盲腸炎，光靠冥想就可以痊癒，他需要的是良好的緊急手術。所以我結合科技與靈感，跨出每一步時，都抱著勇氣與恐懼。我也很謹慎地選擇可以對誰說這些事，因為我可能因此被貼上巫醫的標籤，而失去拯救許多生命的機會。

當我不確定時，我會請求大地之母的幫助。她每次都會回應我。但她總是勸我要謹慎。她可能也不只一次給雅典娜同樣的勸告，但是雅典娜太著迷於她剛發現的這個世界，而沒有聽進去。

一家倫敦報紙，一九九四年八月二十四日

波特貝羅的女巫

倫敦訊（傑洛米．盧頓）——「這又是另一個我不相信神的理由，你看看那些相信的人的行為！」這是波特貝羅路上一位店主羅柏特．威爾森的反應。

以古董店和週六跳蚤市場聞名於世的這條路在昨晚成為戰場，迫使肯辛頓和切爾西皇家自治區必須出動至少五十名警察加以干預，以恢復秩序。騷動最後導致五人受傷，但都不嚴重。這場持續將近兩小時的激戰，最初起於艾恩．巴克牧師發起的示威行動，其目的在抗議他所謂的「在倫敦市中心的撒旦教派」。

根據巴克牧師的說法，過去半年來，每到週一晚上，一群可疑人士就讓整個街坊不得安寧，因為週一是他們選擇召喚魔鬼的日子。儀式是由一個黎巴嫩女人，莎琳．卡利帶領。她自稱為雅典娜，這個名字取自希臘神話的智慧女神。

一開始大約有兩百人在東印度公司以前的一間穀物倉庫集會，但是人數日漸增加，最近幾個星期，大約相同數目的人聚集在外面，希望能夠進入倉庫，參加儀式。巴克牧師曾經數次口頭抱怨、訴願，並寫信給當地報紙，但毫無結果，因此他

決定動員社區，呼籲他的教友於昨天十九點整聚集在倉庫外，阻止這些「魔鬼崇拜者」進入。

「我們第一次接到抱怨就派人去檢查那個地方，但是沒有發現任何毒品，或其他任何不法活動的證據。」一名警官表示。他表示不願具名，因為警方已經成立調查小組，調查事件經過。「他們也沒有觸犯噪音防治法令，因為他們會在十點整準時關掉音樂，所以我們真的無能為力。畢竟英國是容許信仰自由的。」

但是巴克牧師有另一套說法。

「事實是這個波特貝羅的女巫，這個招搖撞騙的女人，跟政府高層有關係，所以這些領納稅人的錢，理應維持秩序和善良風俗的警察不肯採取任何行動。我們生活在什麼事情都被容許的時代，這種毫無限制的自由正在摧毀和吞噬民主制度。」

這位牧師說他從一開始就很懷疑這個團體。他們租下一間搖搖欲墜的老建築，然後花了許多天試圖加以修建，「這就足以證明他們屬於某種邪教教派，接受了某種洗腦，因為在今天這個世界，沒有人願意免費工作。」當被問到他的教友是否曾在社區做過任何慈善工作時，巴克牧師回答說：「當然有，但是我們是為了耶穌而做。」

昨天傍晚，莎琳．卡利到達倉庫，要來見等候她的信徒時，她和她的兒子，還有她的一些朋友，被巴克牧師的教友阻擋在外。他們手持海報，並以擴音器呼叫其他居民加入他們的行列。言語上的挑釁立刻惡化為肢體衝突，很快的任何一方都無法控制了。

「他們說他們是為耶穌而戰，但他們真正希望的是大家繼續忽視耶穌的教誨，因為耶穌說：『我們都是神。』」知名女演員安德麗亞・麥凱表示，她也是莎琳・卡利或稱雅典娜的信徒之一。麥凱女士右眼上方被劃了一道傷口，但立刻獲得治療。因為她很快就離開現場，本報記者未能進一步了解她與該教派的關係。

秩序恢復之後，卡利女士急於安撫她八歲大的兒子，但她確實告訴我們，在倉庫裡進行的只是集體的舞蹈，然後召喚一個自稱聖索菲亞的靈，大家可以對她自由發問。儀式最後會以一段類似講道和集體向大地之母的禱告結束。負責調查最初申訴的警官證實了她的說法。

據我們的了解，該團體沒有名稱，也沒有登記為慈善組織。雪登・威廉斯律師表示，這些手續並不是必要的：「我們生活在一個自由的國家，群眾可以在任何封閉空間內，進行非營利活動，只要他們不違反諸如煽動種族歧視或吸食毒品之類的法令。」

對於有人提議卡利女士應該因為引起騷動而停止這類聚會，她明確地拒絕。

「我們聚集在一起，是為了彼此鼓勵，」她說：「因為單獨面對社會壓力實在非常艱難。我要求你們報社譴責我們幾百年來一直遭受的宗教歧視。每當我們做的事不符合國家制定或國家讚許的宗教，就一定有人試圖壓制我們，就像今天的情形。過去我們可能必須殉道、遭到囚禁，被綁在柱子上燒死或被放逐到化外之地，但是現在我們有能力反擊了。力量將受到力量反制，就如同情也將得到同情回報。」

對於巴克牧師的指控，她則指控他是「操縱他的教友，以偏狹和謊言作為暴力的藉口」。

社會學家阿瑟德．萊諾表示，這樣的現象將來會越來越常見，並與已經確立地位的宗教之間，產生更嚴重的衝突。「馬克思主義的烏托邦已經被證明無法實踐社會理想，加上人類文明與生俱來對特殊日期的恐懼，讓世界成為孕育宗教復興的溫床。但是我相信一旦西元兩千年真的到來，而這個世界仍舊毫髮無傷地存活下來，一般常識就會凌駕其他，宗教就會回歸到只是脆弱者的避難所，因為脆弱者永遠都要尋求指引。」

但這個觀點受到梵蒂岡駐英國輔理主教唐．艾佛瑞斯托．皮耶薩的反駁：「我們現在看到的，並不是大家都期盼的靈性的覺醒，而是美國所謂的『新世紀主義』

的浪潮，是容許任何行為的溫床。這些不尊重教條，來自過去的最荒謬的想法捲土重來，企圖摧毀人類的心智。像這個年輕女子這樣泯滅良心的人就是想把這些謬誤的想法灌輸到脆弱的、容易受暗示的人心裡，背後唯一的目的就是要賺錢和獲取個人權力。」

而目前正在倫敦歌德學院工作的德國歷史學家法藍茲・賀柏特又有另一種看法：「現在地位穩定的宗教已經不再問一些根本的問題，例如我們是誰，我們活著的意義是什麼。相反的，他們只專注於一系列的教條和規則，而這些教條規關切的只是如何順應某個特定的社會或政治組織。因此真正想尋找靈性的人只能往新的方向去，而這無可避免的表示重返過去、重返原始的宗教，直到這些宗教被權力結構污染為止。」

在記錄該事件的警局，威廉・莫頓警佐表示，如果莎琳・卡利的團體決定下週一仍然要舉行聚會，並覺得受到威脅，就必須以書面申請要求警方保護，以避免昨晚的事件重演。

（進一步資訊由安德魯・費許提供。照片攝影：馬克・吉爾漢）

賀倫・萊恩，記者

我是在從烏克蘭飛回來的飛機上讀到這篇報導。當時我仍滿腹懷疑，無法確定車諾比事件是真如傳聞中那麼嚴重，還是被大石油公司誇大利用，來壓制其他能源的發展。

無論如何，這篇文章讓我大為震驚。照片中可看到打破的窗戶，憤怒的巴克牧師，還有——這就是危險所在——一個眼中燃燒怒火，懷中抱著兒子的美麗女人。我立刻知道會發生什麼事，包括好事和壞事。我相信自己的兩種預測一定都成真了，因此我直接從機場到了波特貝羅街。

從好的方面來看，接下來那個週一的聚會是這個地區有史以來最成功的歷史事件之一：許多當地民眾都來了，有些人好奇地想看看報導中提及的「靈」，其他人則拿著海報來捍衛宗教自由和言論自由。那個場地只能容得下兩百人，因此其他群眾全都擠在外頭的人行道上，希望至少看到一眼那個彷彿是受壓迫者女祭司的女人。

她一到達，鼓掌歡呼、手寫的紙條和呼喊求助的聲音立刻一湧而上。有些人對她丟來花朵，一個年紀不明的女士請她繼續為女性的自由和崇拜大地之母的權力奮鬥。上個星期來抗議的教友必定被這麼大一群人嚇到了，因此他們雖然在幾天前發出威脅，卻沒有出現。現場沒有挑釁攻擊的言辭，而儀式照常進行，包括舞蹈和聖索菲亞的出現（這時候我已經知道這不過是雅典娜的另一面），以及最後的祝禱（這是最近聚會最初成員之一借用這間倉庫，而將聚會移到此處之後才增加的），然後就結束了。

在講道時，雅典娜說話的樣子就像是被另一個人附身了：

「我們都有責任去愛，並容許愛以它認為最好的方式顯現。當黑暗的力量想被聽見時，我們不能夠也不允許自己被驚嚇。同樣的這些黑暗力量引入了『原罪』這個字眼，只為了控制我們的心靈與頭腦。我們都知道，耶穌基督對因為通姦而被抓的女人說：『沒有人定你的罪嗎？我也不定你的罪。』他在安息日治療民眾，他讓一個妓女為他洗腳，他承諾一個小偷可以享受天堂的喜悅，他吃禁忌的食物，他說我們只要想著今天，因為草地上的百合花既不勞苦工作，也不紡紗織布，卻沐浴在神的榮光裡。

「罪是什麼？是阻止愛的顯現。大地之母就是愛。我們正在進入一個新的世界，在這裡，我們可以遵循自己的腳步，而非社會強迫我們遵循的路。如果必要的話，我們會再度與黑暗力量正面衝突，就如我們上星期所做的。但是沒有人會再讓我們的聲音或我們的心沉寂。」

我正在目睹一個女人蛻變為一個偶像。她說話時充滿信念、尊嚴，對她說的內容深深相信。我希望事情真的是這樣，我們真的正在進入一個新的世界，而我能活著見到它的到來。

她離開倉庫時，就跟進來時獲得同樣熱烈的歡呼，而當她看到我在人群當中，便叫我過去，說她很想念我。她很快樂而且自信，確信自己正在做對的事。

這是那篇報導的正面效應，而一切也可能到此為止。我希望我對情況的分析是錯的，但是三天之後，我的預測被證實了。負面效果徹底浮現。

巴克牧師雇用了英國聲望最高也最保守，而且其資深合夥人——不同於雅典娜——在政府各部門都真的有關係的律師事務所，並且根據雅典娜被刊登在報上的評論，召開記者會，宣布他要控告她毀謗、中傷，損害他的道德形象。

副主編叫我進辦公室。他知道我跟這樁醜聞的主角很熟，提議我們刊登一篇獨家專訪。我的第一個反應是厭惡：我怎麼能利用我們的友誼去增加報紙的銷量？

但是我們進一步深談之後，我開始覺得這說不定是個好主意。她將因此有機會表達她這方面的說法，事實上，她還可以利用這次訪談來宣揚她現在公開奮鬥爭取的一切。我離開副主編室時，我們已經一起擬好一項計畫：將以一系列文章報導目前社會上為了追尋宗教信仰而產生的新潮流和劇烈的變化。而我將在其中一篇文章報導雅典娜的觀點。

當天下午，我到了她家。我假想著我們在倉庫外遇到時，她會主動邀請我，我剛好可以利用這個機會。但她的鄰居告訴我，前一天法院官員曾試圖遞交傳票給她，結果無功而返。

我後來打電話給她，仍沒有找到人。我在傍晚時又試了一次，還是沒有人接。之後我就每半小時打一次，越來越焦急。自從聖索菲亞治好我的失眠之後，每到十一點整，疲倦就會讓我準時上床，但是這次焦慮卻讓我始終清醒。

我在電話本上找到她母親的電話號碼，但時間已經很晚，如果雅典娜不在那裡，那麼我只會讓他們全家人都擔心起來。該怎麼辦？我打開電視看有沒有發生什麼事——沒有什麼特別的事，倫敦一如往常，帶著它的美好與險惡繼續運作。

我決定試最後一次。電話響了三聲，然後有人接了起來。我立刻認出那是安德麗亞的聲音。

「你有什麼事？」她問。

「雅典娜叫我保持聯絡。一切都還好嗎？」

「一切都還好，也都不好，看你怎麼看而定。但是我想你可能幫得上忙。」

「她在哪裡？」

她沒有再說什麼就掛斷了。

狄德麗．歐尼爾，人稱艾達

雅典娜住到我家附近的一間飯店。倫敦的地方新聞，尤其是發生在郊區的小型衝突事件，從來不會傳到蘇格蘭來。我們對英格蘭人如何處理他們的小問題不是很感興趣。我們有我們自己的旗幟、自己的足球隊，很快的，甚至會有自己的國會。事實上，在這個時代，我們居然還要跟英格蘭用同樣的國際電話碼、同樣的郵票，還要接受我們的皇后瑪麗．史都華在王位之爭中的挫敗，實在很可悲。英格蘭人將她斬首，利用的當然就是宗教的藉口。雅典娜的處境一點也不新鮮。

我讓雅典娜休息了一整天。第二天早上，我沒有帶她去那間小神廟，進行我所知的儀式，而決定帶她和她兒子去愛丁堡附近的一座森林。孩子在樹木間玩耍奔跑時，她告訴我事情的詳細經過。

她說完之後，我說：

「人們看到陽光，看到天空中有雲，於是相信在雲層背後有一位全能的神，指引著人的命運。但在此同時，你看看你兒子，看看你腳下，聽聽你周圍的聲音：大地之母就在這裡，與我們親近，帶給孩子歡笑，讓願意走過她身體的人獲得能量。

為什麼世人寧可相信遙遠的某個東西，而忘記近在眼前的、真正的奇蹟的顯現？」

「我知道答案。因為在上面，祂藏在雲層背後，有著不可質疑的智慧，指引著我們，給我們命令。但在下面這裡，我們卻與神奇的現實有著實際的接觸，也能自由選擇下一步往哪裡走。」

「正是如此。但是你認為這是人們想要的嗎？你認為他們想要自由選擇往哪裡走嗎？」

「我認為是。我此刻站著的土地曾經為我指出許多條奇特的道路，從特蘭斯伐尼亞的一個小村莊，到中東的一個城市，從那裡再到一座島上的另一個城市，然後到沙漠裡，又回到特蘭斯伐尼亞。從一個郊區的銀行，到波斯灣的一間房地產公司。從一個舞團到一個貝都因人那裡。而每次我的腳步驅使我前進，我都接受，而非拒絕。」

「你從這一切得到什麼？」

「現在我能看到人們的靈氣。我可以喚醒我靈魂裡的母親。我的生命現在有了意義，而且我知道我在為什麼奮鬥。但是你為什麼這麼問？你也獲得了最重要的天賦——治療的天賦。安德麗亞現在能夠預言以及和靈魂交談。我看著她在靈性上的每一步進展。」

「除此之外你還得到什麼？」
「活著的喜悅。我知道我在這裡，而萬事萬物都是奇蹟，都是啟示。」
那個小男孩跌倒了，擦傷了膝蓋。雅典娜本能地跑過去，把他的傷口拍乾淨，跟他說沒有關係，那孩子便繼續在森林裡奔跑。我用這件事當作一個象徵。
「剛剛發生在你孩子身上的事，也曾經發生在我身上。而現在正發生在你身上，是嗎？」
「是，但我不認為我跌倒了。我認為我是再度受到試驗，我會得到啟示，知道下一步該怎麼做。」
在這種時候，一個導師什麼都不能說，只能祝福她的弟子。因為不論導師多麼想拯救她的弟子免於痛苦，路徑已經顯現出來，弟子的腳步已經迫不及待地要追隨而去。我提議我們晚上再回到森林來，只有我們兩個。她問她可以把兒子留給誰，我說我可以處理。我有一個鄰居欠我一份人情，她會很願意幫忙照顧維爾若。
夜色降臨時，我們回到同樣的地方，而在路上，我們談著與即將進行的儀式毫無相關的事。雅典娜見過我用一種新的除毛蠟，很好奇這比起舊的方法有哪些好處。我們興致勃勃地談著外貌的虛榮，流行時尚，哪裡可以買到最便宜的衣服，女性的行為，女性主義，髮型等等。當中她說到：「但是如果靈魂是沒有年齡的，我不知道為什麼我們還要擔心這一切，」但她隨即明白放鬆地聊一些膚淺的事，是無傷大雅的。更重要的是，這類對話真的很有趣，而且外表在女人的生活裡仍舊很重要（在男人的生活裡也是，但是是以不同的方式，而且他們對這件事的態度不像我們這麼開放）。

當我們接近我選擇的地方——或者應該說是森林為我選擇的地方——我開始感覺到大地之母的存在。就我而言，她的顯現是一種明確的、神祕的內在喜悅，總是會碰觸到我的內心，讓我感動到幾乎落淚。到了該停下腳步，改變話題的時候了。

「去找些樹枝來生火。」我說。

「但是好暗。」

「雖然有雲層掩蓋，但滿月的光還是足夠的。訓練你的眼睛：它們天生能看到的，比你以為的多得多。」

她開始照著我的話做，不時因為被荊棘刮傷而咒罵。將近半小時過去，而這段時間內，我們都沒有說話。我感受到大地之母就在身邊的興奮，也因為我身邊有那個彷彿才剛長大成人的女人，全心信任我，陪伴我一起踏上對人類頭腦而言有時太過瘋狂的追尋，而感到一種幸福。

雅典娜還在回答問題的階段，就像她那天下午回答我的問題一樣。我也曾經像那樣，直到我容許自己完全被帶到屬於神祕的國度，唯一要做的只是思索、歌頌、崇敬、讚美，讓天賦自己顯現。

我看著雅典娜收集柴火，便看到過去的自己尋找著簾幕後的祕密和神祕力量。但是生命教會我完全不同的事：力量根本不神祕，而祕密許久以前就已經揭露了。我看到她收集了足夠的柴火，便示意她停止。

我自己找了一些較粗的樹枝，把它們放在引火的木柴上。生命也是這樣，要讓比較結實的木頭著火，就要讓小樹枝先燒起來。要釋放我們的能量，就要讓我們的弱點先有機會顯露出來。

要了解我們內心擁有的力量，以及已經被揭露的祕密，首先一定要讓表面的東西——預期、恐懼、表象——先燃燒殆盡。我們正在進入此刻逐漸籠罩森林的寧靜，風輕柔地吹著，月光被雲層掩蓋，在夜晚精神抖擻出發狩獵的動物正發出聲響，牠們因此完成大地之母的生死循環，並且從來不因為遵循自己的本能和本性而受到批評。

我點起火。

我們兩人都不想說話。在像是永恆那麼長的時間裡，我們只是凝望著火焰的舞蹈，知道全世界有數萬人，也正坐在自己的火堆前，不論他們家裡有沒有現代暖氣設備。他們這麼做，是因為他們正坐在一個象徵前。

我花了很大的力氣才脫離出神狀態。出神狀態對我而言，雖然不代表什麼特定的意義，不會讓我看到神或鬼魂的靈氣，卻會讓我處於一種我需要的，被慈悲籠罩的狀態。我再度把精神集中在當下，我身邊這個年輕女人，以及我必須進行的儀式上。

「你的學生如何？」我問。

「很難相處，但如果不是這樣，我可能不會學到我必須學的。」

「她在發展什麼樣的力量？」

「她會跟平行世界的存在對話。」

「就像你跟聖索菲亞對話？」

「不，你很清楚，聖索菲亞是大地之母在我內心的顯現。她則是跟看不見的存在對話。」

我知道，但我想確定。雅典娜比平常安靜。我不知道她是否跟安德麗亞討論過倫敦發生的事，但是那無所謂。我站起來，打開我帶來的袋子，抓了一把我特別挑選的藥草，丟進火焰裡。

「木頭開始說話了。」雅典娜說，好像這是一件完全正常的事，這很好，表示奇蹟正變成她生活的一部分。

「它在說什麼？」

「現在還沒什麼，只有一些雜音。」

幾分鐘後，她聽到火中傳出一首歌。

「喔，太美了！」

那個小女孩說話了，而不是妻子或母親。

「就維持你現在的樣子。不要試圖集中心力或了解我在說什麼。放輕鬆，感覺愉快。有時候這就是我們唯一能期盼從生命裡獲得的。」

我跪下來，拿起一塊燒得火紅的木頭，在她周圍畫了一個圈，留下一個我能夠進入的小缺口。我可以聽到雅典娜聽到的音樂，於是我繞著她跳舞，祈求雄性火焰與土地的結合，而土地此刻正張開雙臂與雙腿，迎接淨化一切的火。火正在將木柴中，將樹枝中，將所有存在中，包括人類與看不見的存在，所包含的力量都轉化成能量。只要火焰中傳出旋律，我便繼續跳舞，做出保護的姿勢，保護坐在圓圈裡微笑的那個孩子。

當火終於熄滅，我抓起一小把灰燼，撒在雅典娜頭上。然後我用腳抹去我畫在她身邊的圓圈。

「謝謝你，」她說：「我覺得備受寵愛、渴望，和保護。」

「在艱苦的時刻，記住這種感覺。」

「現在我已經找到我的道路，就不會再有艱苦的時刻了。畢竟我有一項使命要完成，不是嗎？」

「是，我們都有使命要完成。」

她開始覺得猶豫。

「那麼艱苦的時刻呢？」她問。

「這不是個聰明的問題。記住你剛剛才說的：你覺得備受寵愛、渴望，和保護。」

「我會盡我所能。」

她的眼中充滿淚水。雅典娜明白了我的答案。

莎米拉・卡利，家庭主婦

我的孫子！我的孫子跟這一切有什麼關係？我們是活在什麼樣的世界？我們還在中古世紀，還在追殺女巫嗎？

我跑到他身邊。他的鼻子流血了，但是他似乎不在乎我難過，把我推開。

「我知道怎麼保護自己，而且我做到了。」

我或許永遠無法以自己的子宮孕育出一個孩子，但是我了解孩子的心。我對雅典娜比對維爾若要擔心多了。維爾若將來一生還會面對許多次打架，這不過是其中的一次，而且他腫起的眼睛裡有一絲驕傲。

「有些同學說媽咪崇拜魔鬼！」

莎琳很快也到了家，因此來得及看到這孩子血流滿面，而大發雷霆。她想直接去學校找校長講話，但是我先一步用雙臂抱住她。我讓她發洩出所有的淚水和忿恨。我當時唯一能做的就是保持沉默，盡可能的經由沉默傳達我對她的愛。

等她稍微平靜下來，我便對她仔細的解釋她可以回家來跟我們住，說我們會安排一切。她父親在報上看到她遭到什麼對待時，立刻找了幾位律師談過。我們會盡一切努力幫助她脫離這種處境，不管鄰居的閒話、熟人嘲諷的眼神，和朋友虛假的支持。

世界上沒有任何事比我女兒的幸福更重要，雖然我始終不能明白為什麼她總是要選擇最困難、最痛苦的道路。但是一個做母親的什麼都不必明白，她只需要去愛、去保護，並且引以為傲。她知道我們幾乎可以給她一切，卻早早尋求獨立。她曾經跌倒、曾經失敗，卻堅持單獨面對任何風暴。她知道要冒著什麼風險，卻仍去尋找她母親，但她們的會面讓她更親近我們。我知道她從未聽我的勸告——拿到學位，結婚，忍受跟一個人生活在一起而不抱怨，不要試圖超越社會設下的界限。但是結果呢？

因為了解我女兒的故事，我變成一個更好的人。顯然我不了解關於大地之母，或雅典娜為什麼總是需要跟陌生人在一起，或者她為什麼無法滿足於自己如此辛苦努力得到的一切。但是在內心深處，或許現在才這樣想太晚了，但是我真希望我能夠多像她一點。

我本來要起身，準備吃的東西了，但是她阻止了我。

「我想要你抱著我，就這樣待一會。我只需要這樣。維爾若，你去看電視。我要跟你奶奶說話。」

那孩子聽話地走開。

「我一定害你們受了很多苦。」

「一點也沒有。剛好相反，你和你兒子是我們所有快樂的來源，也是我們活著的理由。」

「但是我一直沒有——」

「我很高興過去的一切是這樣。我現在可以說出來了：曾經有些時候，我很恨你，很痛苦地後悔我沒有聽從那個護士的話，領養別的嬰兒。但是後來我問自己：『一個母親怎麼能恨自己的女兒？』我吃鎮靜劑、跟朋友玩橋牌、去瘋狂採購，這一切都是為了彌補我給了你，卻覺得沒有得到回報的愛。

「幾個月前，當你決定再度放棄一份為你帶來錢和名聲的工作時，我陷入了絕望。我去附近的一間教堂。我想對聖母許願，祈求她把你帶回現實，強迫你改變生活，好好利用你棄之如敝屣的許多機會。我願意做任何事來達成這個願望。

「我站在那裡，看著聖母與聖子。然後我說：『你是個母親，你了解我。你要我做什麼都可以，但請救救我的孩子，因為我覺得她似乎決心要毀滅自己。』」

我感覺莎琳的手把我抱著更緊。她又哭了起來，但這次是不一樣的淚水。我盡了最大的努力控制自己的情緒。

「你知道我在那一刻感覺到什麼嗎？我覺得她在跟我說話，她說：『莎米拉，聽我說，我本來也是這麼想。我痛苦了很多年，因為我兒子從來不肯聽我的話。我經常擔心他的安危，我不喜歡他選擇的朋友，而且他對法律、習俗、宗教或他的長輩，似乎也毫不尊敬。』要我繼續說嗎？」

「要，我想聽故事的結尾。」

「聖母最後說：『我兒子從不聽我的話。但是現在我很高興他沒聽。』」

我輕柔地脫離她的懷抱，站起來。

「你們兩個都得吃東西。」

我到廚房做了一些洋蔥湯，還有一盤黎巴嫩傳統沙拉，熱了一點沒加酵母的麵包，全放在餐桌上，然後我們一起吃了午餐。我們談著瑣碎的事。在這樣的時刻，這些行為總是可以幫助我們更緊密，讓我們覺得有理由安靜地在這裡享受愉快時光，即使外面的風暴正把樹連根拔起，播下毀滅的種子。當然，到了傍晚，我的女兒與孫子就會走出門外，再度面對狂風暴雨、雷電交加，但那是他們的選擇。

「媽，你說你會為我做任何事，是嗎？」

當然是真的。如果必要的話，我願意犧牲自己的性命。

「你不覺得我也應該準備好願意為維爾若做任何事？」

「我想那是一個母親的本能，但是除了本能以外，這也是愛最偉大的證據。」

她繼續吃著。

「你知道你父親很樂意幫忙別人指控你的這個案件，當然，前提是你願意讓他幫忙。」

「我當然願意。我們現在講的是我父親啊。」

我想了兩次、三次，但就是忍不住心裡的話：

「我可以給你一點建議嗎？我知道你有一些有影響力的朋友，例如那個記者。你何不請他寫一篇關於你的報導，告訴他你對事件的說法？媒體大篇幅地報導那個輔理主教的話，讓許多人到後來都覺得他是對的。」

「所以你不只接受我做的事，還想幫助我？」

「是的，莎琳。即使我並不了解你，即使我有時候很痛苦，就像聖母一輩子都在承受的痛苦，即使你不像耶穌基督，有那麼重要的訊息要傳達給這世界，我也一樣站在你這邊，而且我想看到你贏。」

賀倫・萊恩，記者

雅典娜到的時候，我正在瘋狂地寫著筆記，計畫如何對波特貝羅事件和女神的重生進行最理想的訪談。這件事需要非常、非常小心地處理。

我那天在倉庫看到的，是一個女人說：「你們做得到的，讓大地之母教導你——相信愛，奇蹟就會發生。」而群眾都同意她的話，但這不會持久，因為我們生活在只有奴役才能通往幸福的時代。自由意志代表龐大的責任。這是很辛苦的工作，煩惱和痛苦都會隨之而來。

「我需要你寫一些關於我的事。」她說。

我告訴她我們應該等一會——畢竟整件事下星期可能就會被淡忘了——但是同時我已經準備了幾個關於女性力量的問題。

「現在所有的爭吵和紛紛擾擾都只有附近地區的人和八卦小報感興趣。沒有任何一家有名聲的報紙登過任何相關的報導。倫敦到處都有這種地區性的小型騷動，現在把事情擴大成大版面的報導真的很不明智。團體最好可以兩三個星期不要集會。但是我認為關於女神這個主題，如果以它應得的嚴肅態度來處理，可以讓很多人對自己提出一些很重要的問題。」

「那次吃晚餐時，你說你愛我。但現在你不但說你不想幫我，還要求我放棄我相信的事？」

我該如何詮釋這些話？她終於接受了我那天晚上對她表達的，而且時時刻刻在我心中的愛？黎巴嫩詩人卡利・紀伯侖說，給予比接受更重要。雖然這是很有智慧的話，但是我屬於眾所周知的「人類」的一份子，有我的脆弱，有我猶豫不決的時刻，只希望平靜生活，希望當感覺的奴隸，希望不問任何問題就舉手投降，甚至不知道自己的愛是否會得到相同的回報。她唯一要做的只是讓我愛她。我相信聖索菲亞一定會同意我的看法。雅典娜存在我的人生中已經將近兩年了，我害怕她可能會繼續這樣往前走，消失在地平線，而我根本不能陪伴她走過部分旅途。

「你現在在講愛情嗎？」

「我在請求你幫忙。」

我該怎麼辦？控制自己，保持冷靜，不要操之過急而破壞一切？或者是跨出我必須跨出的一步，擁抱住她，保護她免於所有危險？

我的心一直要我說：「你什麼都不要擔心。我愛你。」但是我卻說：「我想幫忙。請相信我。我願意為你做任何事，包括在認為必要的時候拒絕你，即使你可能不了解我的道理。」

我告訴她我報社的副主編提議要刊登一系列文章，報導關於女神的重新覺醒，其中也會包括對她的專訪。一開始我覺得這是個好主意，但是現在我認為最好再等一會。我說：

「你要不就繼續進行你的使命，否則就設法保護自己。我知道，你了解你所做的事比其他人怎麼看你更重要。你贊同嗎？」

「我顧慮的是我兒子。現在在學校每天都會有人跟他吵架或打架。」

「那會過去的。一個星期之後，這些都會被遺忘。那時候才應該開始行動，到時候行動的目的不是要捍衛自己，抵抗那些愚蠢的攻擊，而是要自信並睿智地展現你的工作真正的廣度。如果你對我的感覺有任何懷疑，而決心要持續下去，那麼我跟你一起去下次的聚會。我們看看會發生什麼事。」

接下來那個星期一，我跟她一起去了聚會。這時我不再只是群眾裡的一個人，而能夠從她的角度去看這一切。

人群湧進倉庫裡；到處都是鮮花和歡呼，年輕女孩喊她「女神的祭司」，幾個打扮體面的女士祈求私下跟她會面，因為她們的家人有某種疾病。群眾開始向我們推擠，擋住了入口。我們從來沒想到可能需要某種形式的安全保護，我嚇到了。我抓住她的手臂，抱起維爾若，終於進到裡面。

在擁擠的室內，憤怒的安德麗亞等著我們。

「我覺得你應該告訴他們，你今天不會表演什麼奇蹟！」她對雅典娜大吼。「你不應該容許自己被虛榮誘惑！為什麼聖索菲亞不叫這些人離開？」

「因為她能診斷疾病，」雅典娜倨傲地回答，「而越多人受益越好。」

她本來打算說更多，但是群眾開始鼓掌，於是她走上臨時的舞台。她打開從家裡帶來的小型播音系統，指示大家違反著音樂的節奏跳舞，然後儀式就開始了。到某個時刻，維爾若走到一個角落坐下——這就是聖索菲亞出現的時候。雅典娜就像我以前見過許多次那樣：突然關掉音樂，雙手抱住頭，大家都安靜的等候，像是遵循某個看不見的命令。

儀式依循著不變的路線前進：有人提出關於愛的問題，被她拒絕，但她同意評論關於焦慮、疾病，和其他個人的問題。從我站的地方，我可以看到有些人眼中含淚，有些人像是面對著一個聖人。然後到了結束講道的時候，之後就是對大地之母的團體讚頌。

我知道接下來會是什麼狀況，因此開始思考怎麼樣才能最不麻煩地離開這裡。

我希望她能聽從安德麗亞的建議，叫他們不要來這裡尋求奇蹟。我走到維爾若坐的地方，以便等他母親一結束就能盡快離開這裡。

就在這時我聽到聖索菲亞的聲音。

「今天，在我們結束之前，我們要談一談節食。忘掉所有的減肥節食法。」

節食？忘掉減肥的節食法？

「人類存活了數百萬年，就是因為我們能夠吃。但現在吃卻似乎變成了詛咒。為什麼？是什麼原因讓我們在四十歲時，還想要有跟年輕時一樣的身體？我們可能讓時間停止嗎？當然不可能。那麼為什麼我們要一直保持纖瘦？」

我聽到群眾裡發出喃喃低語。他們期望的可能是比較關於精神性靈的訊息。

「我們不需要保持苗條。我們買書、上健身房、耗費大量腦力，試圖讓時間停留，但我們在這世界的存在，就是一種奇蹟，更值得我們花力氣去讚頌。我們不去思考如何活得更好，卻只執著於體重。

「忘掉這一切吧。你們可以盡量讀書、運動、懲罰自己，但是最後還是只有兩個選擇——不是停止活著，就是變胖。

「吃得有節制，但是享受吃的樂趣：邪惡的不是從嘴裡進入的東西，而是從嘴裡出來的東西。記住我們幾百萬年來，都在努力不必挨餓。是誰認為我們應該一輩子保持纖瘦？我告訴你們：是靈魂的吸血鬼，是那些害怕未來以至於認為可能停止時間運轉的人。聖索菲亞可以保證這是不可能的。把你們用於節食的精神與力氣，拿來攝取心靈的糧食，滋養自己。要知道大地之母的給予是慷慨而明智的。尊重這點，你就不會比流逝的歲月要求的更胖。與其故意去燃燒那些卡路里，不如把它們轉化為為夢想奮鬥所需的能量。沒有人光靠節食就能永遠苗條。」

現場一片寂靜。雅典娜開始結束儀式，我們一起讚頌大地之母的存在。我把維爾若緊抱在懷中，暗自決定下次一定要帶幾個朋友來提供一點臨時的安全防衛。我們在一片鼓掌和歡呼聲中離開，就像來時一樣。

一個書店老闆抓住我的手：

「這太荒謬了！如果我有一扇窗戶被砸破，我一定告你們！」

雅典娜正在微笑，讓人拍照。維爾若似乎很快樂。我只希望那天晚上沒有任何記者在場。終於脫離群眾包圍之後，我們招了一輛計程車。

我問他們要不要去什麼地方吃東西。「當然，」雅典娜說：「這就是我剛剛講的啊。」

安東·羅卡多，歷史學家

一連串的錯誤造成了後來所稱的「波特貝羅女巫事件」，但這些錯誤中，最讓我意外的是有多年資歷的國際新聞記者賀倫·萊恩的天真。我們談話的時候，他對於八卦報紙的標題簡直不敢置信。

「女神的節食法！」一家小報高喊。

「放心吃還能瘦，波特貝羅女巫說！」另一家在頭版疾呼。

雅典娜除了碰觸到宗教這個敏感議題外，還更進一步：她談到了節食，一個全國都感興趣的話題，比戰爭、罷工或天災都更重要的話題。我們或許不見得都信神，但我們都想變瘦。

記者訪問當地的書店老闆，他們全都信誓旦旦地說，在大批人集會的前幾天，他們都看到一小撮人進行點著紅色和黑色蠟燭的某種儀式。這可能不過是廉價的灑狗血報導，但是萊恩早應該預見到，既然有個案件正在審理中，原告一定會利用所有機會讓法官注意到，他認為這不只是中傷而已，而是對保持社會運作的所有價值觀的攻擊。

同樣那個星期，一家頗有聲望的英國報紙在其社論版面刊登了肯辛頓福音教會的巴克牧師的一篇文章。他在當中說到：

「身為一個虔誠的基督徒，我應該在受到錯誤的攻擊、或我的名譽受到毀謗時，給對方另一面臉頰。但是我們不要忘了，耶穌或許轉過臉去讓對方打，但是他也利用一條鞭子驅趕那些想把上帝的家，變成盜賊巢穴的人。這就是現在發生在波特貝羅街上的事：泯滅良知的人偽裝成靈魂的拯救者，給予虛假的希望、承諾讓病人得救，甚至宣稱只要你遵從他們的教誨，就能保持纖瘦苗條。

「因此之故，我別無選擇，只能循法律途徑防止事情持續下去。這個運動的追隨者宣稱他們能夠喚醒至今未知的天賦，並否認存在一位全知全能的上帝，而以異教神祇，如維納斯和阿芙羅黛蒂等來取代祂。對他們而言，任何事都可容許的，只要懷著『愛』。但是愛是什麼？是可以把任何目的合理化的非道德力量？還是捍衛社會的真正價值，例如家庭與傳統？」

下一次聚會時，警方為了避免八月時那樣激烈的對峙重演，派了六個警官來防止任何衝突。雅典娜在萊恩臨時請來的一個保鏢保護下抵達，而這次迎接他們的不只有歡呼，還有噓聲和咒罵聲。一個女人看到雅典娜帶著一個八歲的孩子，而在兩天後根據一九八九年的兒童福利法案提出控訴，指控這個母親正在對她的孩子造成不可挽回的傷害，因此監護權應該交給父親。

一家小報設法找到盧卡斯．傑森—彼得森，但他拒絕受訪，並且他威脅記者說，如果他敢在文章裡提到維爾若的名字，他就不敢保證自己會做出什麼事來。

第二天，這家小報的標題是：「波特貝羅女巫的前夫願意為兒子殺人。」

同樣那天下午，法院又接到兩項依據一九八九年的兒童福利法提出的訴訟，要求將這孩子加以安置。

之後就再沒有聚會了。人群——包括支持與反對的——聚集在門外，制服警察在附近維持秩序，但是雅典娜沒有再出現。接下來一個星期也是同樣的情況，只是這次人群和警察都變少了。

第三個星期之後，只有人偶爾送來花束，還有一個人發送雅典娜的照片給路過的人。

這個話題從倫敦各家日報的頭版完全消失。當巴克牧師表示「我們應該對那些願意悔改的人顯示基督徒精神」，而宣稱要撤回所有關於詆毀中傷的指控時，沒有任何大報有興趣刊登他的聲明，結果他的聲明最後出現在某家無聊的地方報紙的讀者來信欄。

就我所知，這件事從來沒有變成全國性新聞，而只侷限於報導倫敦新聞的版面。我在聚會終止後一個月旅行到布萊頓，當時我跟那裡的朋友提起這個話題，可是沒有人聽得懂我在講什麼。

萊恩本來可以釐清這整件事的，他的報社的報導本來可以被其他媒體注意到。但是我很意外，他從來沒有刊登過一行關於莎琳．卡利的報導。

在我認為，這樁罪案——基於其特徵——跟發生在波特貝羅的事情其實毫無關係，只是一樁陰森的巧合。

賀倫・萊恩，記者

雅典娜要我打開錄音機。她自己也帶來了另一台，是我從來沒看過的一種機型——很精巧，而且很小。

「首先，我想先聲明，我接到死亡恐嚇。其次，我希望你答應，即使我死了，你也要等五年，才能讓任何人聽這捲錄音帶的內容。將來，人們可以自己分辨什麼是真的，什麼是假的。說你同意，這樣你就等於接受了有法律效力的合約。」

「我同意，但是我認為——」

「不要認為任何事。如果我死了，這就是我的遺言，條件是現在不能公開。」

我關掉錄音機。

「你沒有什麼好擔心的。我在政府部門有朋友，他們欠我人情，現在或以後會需要我的幫忙。我們可以——」

「我提過我男朋友在蘇格蘭警場工作嗎？」

又來了。如果他真的存在，為什麼在我們需要他的時候，當雅典娜和維爾若可能被暴民攻擊時，他都不在？

我的心裡湧起千萬個疑問：她是想試驗我嗎？這個女人心裡到底在想什麼？她是精神錯亂嗎？還是三心二意？一下子希望在我身邊，一下子又講她那個根本不存在的男人？

「打開錄音機。」她說。

我覺得糟透了。我開始覺得她可能一直都在利用我。我很希望自己能說：「走開。滾出我的生命。自從我遇到你開始，一切就像在地獄裡。我只希望你來這裡，用你的手抱住我，吻我，說你想跟我永遠在一起，但是這從來沒有發生過。」

「有什麼不對勁嗎？」

她知道有不對勁。或者說，她不可能不知道我的感覺，因為我從未隱藏我對她的愛，雖然我只明白地說過一次。我會取消任何約會，只為了見她；她需要我的時候，我一定在她身邊；我試著與她兒子建立某種關係，相信他有一天會叫我「爸爸」。我從來不曾叫她停止她做的事，我接受她的生活方式、她的決定；我在她痛苦時默默痛苦；我在她勝利時感到欣喜；我對她的決心引以為傲。

「你為什麼關掉錄音機？」

在片刻間，我盤桓於天堂與地獄之間，背叛與臣服之間，冰冷的理智和毀滅的情感之間。到最後，我用盡所有力氣，設法控制住自己。我按下按鈕。

「我們繼續吧。」

「我剛剛說到，我接到死亡恐嚇。我一直接到不具名的人打電話來，他們辱罵我，說我是社會的威脅，說我試圖重建撒旦的國度，而他們不會容許這種結果發生。」

「你跟警方說過了嗎？」

我刻意不提她的男朋友，表示我根本從來不相信那個說法。

「我說過了。他們錄下了這些電話。電話都是從公共電話打來的，但是警方叫我不要擔心，說他們在監看我的房子。他們已經逮捕了一個人：他有精神疾病，自認是耶穌的一個門徒轉世，而『這次他必須奮戰，不讓耶穌再受到驅趕。』他現在在一家精神病院治療。警方說他以前就因為對其他人發出過類似的威脅而住院過。」

「如果警方已經介入，那就不需要擔心了。我們的警察是全世界最優秀的。」

「我不怕死。如果我今天就死掉，我也已經有過我們這個時代極少人有機會經歷的時刻。我擔心的，這也是我請你錄下我們今天談話的原因，是我可能會殺人。」

「殺人？」

「你知道有些法律程序正在進行，試圖將維爾若從我身邊帶走。我問過身邊的朋友，但是大家都無能為力。我們只能等待判決。根據他們的看法——當然要看法官的裁決——但這些瘋狂的人很可能達到他們的目的。所以我買了一把槍。我知道一個孩子被帶離母親身邊，是什麼感覺，我自己親身經歷過。所以等第一個執行官出現，我就會開槍，我會一直開，直到子彈用完為止。如果他們不先對我開槍，我就會用屋子裡的刀子。如果他們把刀子搶走，我會用我的牙齒和指甲。但是沒有人能把維爾若從我身邊帶走，除非我死。你在錄音嗎？」

「我在錄。但是還有其他方法——」

「沒有。我父親在追蹤這個案子。他說在家庭法方面，誰都幫不上忙。現在把錄音機關掉。」

「那就是你的遺言？」

她沒有回答。我沒有任何行動，她於是率先行動。她走到音響旁，開始播放那來自西伯利亞草原的音樂。這音樂我幾乎已經可以背了。她就像在儀式上那樣跳舞，完全沒跟著節奏，而我知道她想做什麼。她的錄音機還在運轉，沉默地見證著這裡發生的一切。午後的陽光從窗戶流瀉進來，但是雅典娜已經離開這裡，去尋找另一道光，從世界創造之初就存在的光。

當她感覺到來自大地之母的靈光，她就停止跳舞，關掉音樂，雙手抱住頭，久久不動。然後她抬起頭來，看著我。

「你知道誰在這裡，是嗎？」

「是。雅典娜，和她神性的一面，聖索菲亞。」

「我已經習慣了這麼做。我覺得這不是必要的，但這是我為了接觸到她而發現的一項工具，因此現在成為了我生活中的一項傳統。你知道你在跟誰說話，是嗎？跟雅典娜。我是聖索菲亞。」

「是，我知道。我第二次在你家跳舞時，就發現我也有一位性靈的指引：腓利門。但是我不常跟他說話，我也不聽他想說什麼。我只知道，當他出現時，感覺就像兩個靈魂終於相遇了。」

「對。而今天腓利門和聖索菲亞要談論愛。」

「我應該先跳舞嗎？」

「不需要。腓利門會了解我，因為我看得出來你被我的舞蹈觸動了。我面前的這個男人受苦，因為他認為他從未得到一樣東西——我的愛。但是超越你的那個男人知道這一切痛苦、焦慮，和被拋棄的感覺都是不必要而幼稚的。我愛你。不是你人性的那面希望的那種愛，而是神性的靈光希望的那種愛。我們暫居在同樣的帳幕裡，是她放在我們的路途上的。我們在這裡了解，我們不是感覺的奴隸，而是它們的主人。我們服事也被服事，我們打開房間的門，我們相擁。或許我們也接吻，因為在塵世裡強烈地發生的一切，在不可見的另一空間裡，都會有對照的事物。你知道我不是想挑逗你，我說這些不是在玩弄你的感覺。」

「那麼什麼是愛？」

「大地之母的靈魂、血，與身體。我愛你，就像流亡的靈魂在沙漠中相遇時那樣相愛。我們之間永遠不會有肉體的接觸，但是任何熱情都不會徒然，任何愛都不會被浪費。如果大地之母喚醒了你心中的愛，也就喚醒了我心中的愛，只是你的心可能比較準備好接受。愛的能量是絕對不會消失的——它是萬事萬物當中最強大的，並且會以許多方式顯現。」

「我不夠堅強，這對我太難了。這些抽象的說法只會讓我更沮喪、更孤單。」

「我也不夠堅強。我也需要有人在我身邊。但是有一天，當我的雙眼睜開時，各種不同形式的愛將會顯現出來，而所有的痛苦都會從地球表面上消失。我想這一天應該不會遠了。我們許多人原來都被迫去尋求我們並不感興趣的事物，但我們已經從那趟旅途回頭了。現在我們了解那些都是虛假的。但是這回頭的過程不可能毫無痛苦，因為我們離開了很久，以至於在自己的土地上卻覺得像是異鄉人。我們要花費一些時間，才能找回也同樣離開了的朋友，以及找到我們的根和寶藏所在的地方。但是這一定可以達成。」

不知為什麼，她說的話感動了我。這促使我前進。

「我想繼續談論愛。」我說。

「我們是在談愛。這是我一生所有的尋求，唯一想達到的目的——讓愛毫無阻礙地在我身上顯現，讓愛填滿我的空白，使我跳舞、微笑，使我的生命有意義，使我保護我的兒子，使我觸碰到天地，觸碰到世間的男男女女，觸碰到所有被安放在我路途上的人。我曾經試著控制自己的感情，說『某個人值得我愛』或『某個人不值得我愛』這類的話。直到我了解我的命運，發現我可能失去我生命中最重要的事物。」

「你兒子。」

「沒錯。他是最完全的愛的展現。當我發現他可能被帶離開我身邊時，我找到了自己，明白了我永遠不可能擁有任何東西，或失去任何東西。我是在哭了好幾個小時後，明白了這點。在經歷了強烈的痛苦之後，我稱為聖索菲亞的這部分的我終於說：『胡說什麼！愛永遠都會存在，即使你兒子遲早有一天會離開。』」

我開始了解了。

「愛不是一種習慣、承諾，或債務。它不是浪漫的歌曲所描述的那樣——愛就是愛。這是雅典娜或莎琳或聖索菲亞的證言——愛就是愛。沒有定義。只要去愛，不要問太多問題。去愛就好。」

「這很難。」

「你在錄音嗎？」

「你剛叫我關掉了。」

「那就再打開吧。」

我照她的話做。

「這對我也很難，所以我才不回家。我不想躲起來。警方或許可以保護我不受瘋子干擾，但是無法保護我免於人為的司法干擾。我有使命要完成，這讓我走得太遠，以至於我甚至冒著失去我兒子監護權的風險。但我並不後悔，我完成了我的使命。」

「你的使命是什麼？」

「你知道是什麼。你從一開始就一直在旁邊。為大地之母鋪好路，延續數百年來被壓制，但現在正開始復興的一項傳統。」

「或許——」

我停下來，但她沒有開口，仍等我把話說完。

「──或許你來得太早，世人還沒有準備好。」

雅典娜笑起來。

「他們當然還沒準備好。所以才會有這些衝突，這麼多的攻擊和反對啟蒙的聲音。因為黑暗的力量在瀕臨垂死之際，只能仰賴這些做法，做最後的掙扎。它們看起來非常強壯，就像瀕死的動物，但畢竟它們已經虛弱到站都站不起來了。我在許多顆心裡播下了種子，每顆種子都會在時機成熟時，以它們自己的方式揭露傳統的重生，不過其中有一顆心會徹底遵循這項傳統──那就是安德麗亞。」

安德麗亞。

安德麗亞厭惡她，責怪她讓我們的關係崩潰，對任何願意聽的人說雅典娜已經被自大虛榮沖昏了頭，而摧毀了好不容易創造的一切。

雅典娜站起來，拿起她的袋子──聖索菲亞仍舊與她同在。

「我可以看到你的靈氣。它已經從一些不必要的痛苦中痊癒。」

「但是你知道安德麗亞不喜歡你。」

「當然。但是我們已經花了半個小時談愛。喜歡與愛毫無關係。安德麗亞完全有能力完成她的使命。她比我更有經驗和魅力。她已經從我的錯誤學到教訓，她知道她必須謹言慎行，因為在蒙昧主義的野獸將死的時代，一定會有衝突發生。安德麗亞或許討厭身為凡人的我，但或許就因為這樣，她的天賦才能發展得這麼快——證明她比我更有能力。當厭惡讓一個人成長，它就轉化為愛的許多形式之一。」

她拿起她的錄音機，放進袋子裡，然後離開。

那個星期接近尾聲時，法院下了判決：聽取了幾位證人的意見之後，人稱雅典娜的莎琳·卡利，有權利保有她孩子的監護權。

更有甚者，這孩子學校的校長被正式警告說，對這孩子的任何歧視，都會受到法律處罰。

我知道去按她過去住的公寓的門鈴，並沒有什麼意義。她已經把鑰匙留給安德麗亞，帶了她的音響、一些衣物，交代說她要離開一段時間。

我等她打電話來邀請我去一起慶祝勝利。隨著日子一天天過去，我對雅典娜的愛不再是痛苦的源頭，而變成充滿喜悅寧靜的湖泊。我不再覺得孤單。在天地間的某個地方，我們的靈魂——還有其他從流亡旅途歸來的靈魂——正在歡喜地慶祝重逢。

第一個星期過去，我猜想她正努力從最近的緊繃生活中恢復。一個月後，我猜測她一定已經回去杜拜，重新接下以前的工作。我打電話過去，但對方說他們完全沒有她的消息，還說如果我知道她在哪裡，可否幫他們傳話：大門一直為她敞開，大家都很想念她。

我決定寫一系列文章，討論關於大地之母傳統的重新覺醒。這招來幾封攻擊性的來信，指控我「倡導異教信仰」，但除此之外，則在我們的讀者群中獲得熱烈的迴響。

兩個月後的一天，當我正要去吃午飯時，一個同事打電話給我。莎琳・卡利，波特貝羅的女巫，她的屍體在漢普斯特被發現。她被殘酷地謀殺了。

現在既然所有錄音訪問都謄寫完了，我會將稿子交給她。她可能會去斯洛多尼亞國家公園散步，就跟她平常每天下午一樣。今天是她的生日──或者應該說，是她父母領養她時幫她選擇的生日──而這是我給她的禮物。

維爾若也會去他祖父母準備的慶祝會，而且也準備了一個驚喜給她。他在一個朋友的錄音室錄了他生平做的第一首曲子，今天晚餐時，他會放給她聽。

她之後一定會問我：「你為什麼這樣做？」

而我會說：「因為我需要了解你。」在一起這麼多年來，我聽過的關於她的故事，我認為都只是傳說，但我現在知道這些傳說是真的。

每次我提議跟她一起出去，不論是週一傍晚在她公寓的讚頌儀式，或是去羅馬尼亞，或是她跟朋友的聚會，她總是請我不要去。她想要自由，而她說，一般人都會覺得警察很可怕。在我這樣的人面前，連無辜的人都會自覺有罪。

但是我在她不知情的情況下，去過波特貝羅的倉庫兩次。同樣在她不知情的情況下，我安排了好幾位同事在附近，在她抵達和離開時保護她，而其間至少有一個後來被確認為是某教派好戰分子的男人，因為攜帶刀子而被捕。他說神靈告訴他，波特貝羅的女巫是大地之母的化身，而他必須取她的一點血，用以淨化某些祭品。他並不想殺她，只是想拿一點她的血沾在手帕上。調查結果顯示他真的沒有殺人的意圖，但他還是被起訴並被判處半年徒刑。

讓她看起來像被謀殺身亡，並不是我的主意。雅典娜想要從世界上消失，問我有沒有可能。我解釋說，如果法院判決把孩子的監護權交給政府，我也無法違反法令，但是當法官判決她勝訴時，我們就可以執行她的計畫了。

雅典娜很清楚一旦倉庫的聚會變成當地的八卦話題，她的使命就將永遠被毀滅。站在群眾面前否認她是王后、是女巫、是神靈的化身，並沒有任何用處，因為人們總是選擇追隨有強大力量的人，並且願意把權力交給任何他們希望的人。但是這會違反她宣揚的一切——選擇的自由，賜福給你自己的麵包，喚醒你特有的天賦，不需要任何牧羊人或引導者的幫助。

失蹤也沒有用。人們會把她的消失詮釋為她是到荒野裡避靜，或升入天堂，或進行神祕朝聖，到喜馬拉雅山會見導師等等，而他們永遠都會等候她歸來。傳說故事，甚至神祕教派都可能圍繞著她而生。當她不再去波特貝羅時，我們就注意到了這點。我的線民說，跟大家的預期正好相反，崇拜她的教派正以驚人的速度成長：其他類似的團體衍生出來，許多人現身宣稱自己是聖索菲亞的「傳人」，報上刊登的她抱著維爾若的照片在黑市裡販賣，她被描述成一位犧牲者，因為宗教偏狹而殉道的烈士。神祕主義者開始談論「雅典娜教團」；透過這些組織——當然要付費——你就可以接觸到教團創使者。

唯一剩下的可能就是「死亡」，但是死亡必須發生在完全正常的情境下，就像任何一個普通人在大都市裡被謀殺一樣。這讓我們必須採取幾項預防措施。

(a)這樁犯罪絕不能連結到與宗教相關的殉道，否則只會使我們想避免的情況更加惡化。

(b)受害者必須嚴重毀容，到無法辨認身分的地步。

(c)加害者不能被逮捕。

(d)我們需要一具屍體。

在像倫敦這樣的城市，死亡、毀容、被燒掉的屍體每天都會出現，但是我們通常都會找到罪犯。所以我們等了兩個月，才等到漢普斯頓的這樁謀殺案。我們也找到了殺人犯，但他剛好也死了——他逃亡到葡萄牙，在那裡一槍轟了自己的腦袋，自殺身亡。正義已經伸張，我需要的只是我最親近的朋友們給予一點幫助。大家都互相照應：他們有時候會要求我做一些不完全正確的事，但只要沒有違反重大的法令，總有一些—我們這樣說吧——一些程度的彈性空間，來對事實加以詮釋。

這是事情發生的經過。這具屍體被發現之後，我跟一位有多年資歷的同事被分配到這個案子，而幾乎就在同時，我們得到消息，知道葡萄牙警方在吉馬拉耶市發現一件自殺案的屍體，還有一張坦承犯下殺人案的遺書，其中細節符合我們正在處理的案件，遺書中並指示將他所有的錢捐給一家慈善機構。這是一樁情殺案——愛情的結局經常是如此。

這個死去的男子在留下的遺書裡說，他把這個女人從某個前蘇聯共和國帶到英國來，盡他所能的幫助她。他打算跟她結婚，讓她有英國公民權，但這時他發現了她要寄給一個德國男子的信，而這個男子邀請她去他的城堡幾天。

她在信裡說她迫不及待地想要離開，請這個德國男子立刻寄給她一張機票，讓他們可以盡快再見面。他們是在倫敦一間咖啡廳認識的，至今只寫過兩封信給彼此。

我們有了最完美的狀況。

我的朋友有些猶豫——沒有人喜歡自己的檔案裡有未破的案子——但是我說我願意承擔責任時，他就同意了。

我去到雅典娜躲藏的地方——在牛津的一間可愛的房子。我用針筒取了一點她的血。我剪下一綹她的頭髮，用火燒了一下。回到犯罪現場後，我把這些「證據」散布在四周。我知道既然沒有人知道她親生父母是誰，用DNA來辨別身分是不可能的，所以我唯一需要的衹是暗自祈禱，希望這樁謀殺案不會占據太多媒體版面。

幾個記者出現。我告訴他們殺人犯自殺的事，只提到在哪個國家，沒有提到城鎮。我說我們沒有找到犯罪動機，但是完全排除復仇謀殺或跟宗教動機有關的可能性。據我了解（警察當然也可能犯錯），受害人曾經遭到強暴。她可能認得攻擊她的人，因此被殺並被毀屍。

如果那個德國男人再寫信來，他的信只會被標上「退回寄件人」，而被原封不動地退回。雅典娜的照片只有在第一次的波特貝羅抗議事件中，在報紙上出現過一次，所以她被認出的機會極小。除了我之外，只有三個人知道這個故事—她的父母和她的兒子。他們全都出席了「她」的喪禮，而墓碑上也寫著她的名字。

她的兒子每個週末都去看她，在學校也表現良好。

當然雅典娜有一天也可能厭倦了離群索居的生活，而決定回到倫敦。但是人的記憶是很短暫的，除了她最親近的朋友之外，不會有人記得她。到那時候，安德麗亞會是那個激發啟蒙的人——平心而論，她比雅典娜更適合延續這項使命。除了擁有所有必要的天賦之外，她是個演員，知道如何面對群眾。

我知道安德麗亞的工作正在擴散開來，雖然沒有吸引到任何多餘的注意。我聽說有些位居要津的人跟她有接觸，而在必要的時候，當他們獲得足夠的人數時，就會終結這個世界上許多艾恩·巴克牧師的虛偽。

這就是雅典娜想要的。她要的不是自己的名聲，像許多人（包括安德麗亞在內）所以為的，而是希望使命得以完成。

在讓這份手稿完成的調查剛展開時，我以為我是在重建她的一生，希望讓她看到她有多麼勇敢和重要。但是隨著這些對話的進展，我逐漸發現自己隱藏的一面，雖然我不是很相信這些事。我得到一個結論，那就是這些努力背後真正的原因，是因為我想回答一個我始終不知道答案的問題：雅典娜為什麼愛我？我們是如此不同，也沒有相同的世界觀。

我記得我在維多利亞車站附近的一間酒吧第一次吻她。她當時在一家銀行工作，而我是蘇格蘭警場的探員。我們一起出去幾次過後，她邀請我去她房東的家裡跳舞，但是我從來沒去過——那真的不是我的作風。

但她沒有生氣，還說尊重我的決定。當我重讀她的朋友的陳述時，真的覺得很自豪，因為雅典娜似乎從來不曾干涉別人的決定。

幾個月後，在她出發去杜拜前，我告訴她我愛她。她說她也有同樣的感覺，但也說我們要準備好分開很長一段時間。我們兩個人在不同國家工作，但是真愛可以經得起這樣的分離。

那是我唯一一次敢問她：「你為什麼愛我？」

她回答：「我不知道，我也不在乎。」

現在，當我對這些手稿做最後的潤飾時，我相信我已經在她與那個記者的最後一次談話中，找到了答案。

愛就是愛。

二〇〇六年二月二十五日，19:47:00

修改版本完成於二〇〇六年聖艾克沛狄特斯日[1]

譯注：

1 聖艾克沛狄特斯據稱是基督教殉道者，通常被描繪為身著羅馬士兵的打扮，一手拿著棕櫚葉，一手拿著寫著拉丁文「今天」（Hodie），腳下踩著寫著拉丁文「明天」（Cras）的渡烏。他的名字就是拉丁文中「迅速」的意思，因此被認為是救助急難和提供快速解決的聖人。他的紀念日是四月十九日。

推薦序

波特貝羅的雅典娜

瑪法達－星象專家

《波特貝羅女巫》是保羅．科爾賀在上世紀末寫下被譽為現代心靈聖經的《牧羊少年奇幻之旅》後，將他的靈性文學推向更激進的生命探問、文化歧異與女巫信仰等議題的本世紀代表作之一。

延續保羅．科爾賀作品特有的哲學筆觸與雋永風格，故事藉由主角雅典娜的身世與心靈尋根之旅，求教靈性導師啟發女巫潛力，體會愛與靈魂之光，到最終成為倫敦諾丁山莊（Notting Hill）最熱鬧的波特貝羅古董市集被廣大信眾簇擁的預言女神，從眾人的視角建構她的一生。她的靈性成長過程有不安、有迷惘、有叛逆、有憤怒、有痛苦、有頓悟、有狂喜，終而篤定，找到此生天命。

全書的兩大主旋律：「內在靈性的追尋」與「面對真實自我的勇氣」，不僅是主角雅典娜的生命探索，也是很多人在成長過程不可避免的人生功課。其中，作者透過主角故事一再貫串全書的大哉問：「如何找到對自己誠實的勇氣，即使不確定自己是誰？」，尤其發人深省。

《波特貝羅女巫》與保羅．科爾賀過往作品最大不同是，在故事鋪陳與人物設定上充滿前所未有的文化極端與社會隱喻。他碰觸了主流價值對異教容忍、種族歧視與女巫文化最尖銳且最具成見的禁忌議題，比如：

雅典娜出自英國籍的黎巴嫩移民二代，身上流著有女巫信仰傳統的東歐吉普賽血統。黎巴嫩養父母在倫敦是有色人種、少數族裔，而她後來的吉普賽血緣認同則讓她成為非主流的非主流。時至二十一世紀的今日，倫敦郊區還有總數高達一萬餘人的吉普賽浪人大營區，是倫敦的城中城、化外地，也是絕緣於英國的金融、電信、政治、警政、社會與教育等資源，最疏離、最邊緣、最受歧視的社會底層，存在著長年來一直驚動聯合國出面關切的人權問題。

此外，在極端保守反巫的阿拉伯世界，保羅．科爾賀在書中安排雅典娜以外國女性身分（加上她的女巫天賦）在杜拜工作。在回教國現實環境下，這幾乎是一件致命的安排。以沙烏地阿拉伯為例，出於對可蘭經教義的解讀，官方成立的「反巫部」，專門訓練宗教警察「科學打擊巫術」，可對認定的施行巫術者處以斬首刑罰。

最後，也最重要的，是女巫雅典娜抉擇的勇氣。在種族、階級、文化與宗教認同上，她原有更容易的選項，但她選擇了最危險、最忠於自我，但也最不見容於主流的路。對此，保羅．科爾賀有頗動人的描述，他說，在探尋生命意義與回應內在靈性召喚的路上，雅典娜始終活在兩個世界間：一個是她感知的世界，一個是她的信仰教導她的世界。最終她決定順從靈性的指引，在「森林裡的岔路，選擇了比較少人走的那條」，冒著被污名化、被死亡威脅的風險，選擇聆聽真心，成為女巫。

綜觀歷史，壓迫女性的企圖常被偽裝為巫術鎮壓，歷次的「獵殺女巫行動」血淚斑斑。對某些人來說，女巫的自我認定是一種強大的女權宣示，無視潛在社會暴力、厭女情結、宗教審判等強烈反噬，是激進女性主義的一種形式，「女巫崇拜」是女權主義。所幸歐美有名的現代女巫已有不少受過良好教育，且懂得如何與社會和諧對話的案例。如撰寫「魔法覺醒三部曲」的南加大歷史教授黛博拉．哈克妮斯（Deborah Harkness），就是把女巫文化提升到學術研究，並推廣到流行文化，成為暢銷作家的例子。

小說結尾，雅典娜之死的真相已不重要。保羅．科爾賀藉由她的故事，對自我追尋與自我實現的抉擇，留下一個耐人尋味的伏筆。究竟人該忠於真實的自己，或活成社會期待的樣子？成為一道久久迴響的提問。

這是一本充滿新世紀哲思、靈性鍛鍊與啟發的神作。這也是一本激勵女性勇於去愛、去探索、去做自己的心靈之歌。最重要的是，這是一本智慧之書。它鼓勵讀者去開發自己內在的柔性靈力，成為帶給周遭人愛與幸福的那道光。因為，「光的意義在於創造更多光，在於打開人的視野，揭露周遭的美妙。」，書中說。

瑪法達
二〇二二年九月十五日於台北

藍小說 332

波特貝羅女巫（十五週年紀念新版）

作者—保羅・科爾賀
譯者—李淑珺
編輯—黃子萍
美術設計—蔡怡欣
內頁排版—邵麗如

總編輯—嘉世強
董事長—趙政岷
出版者—時報文化出版企業股份有限公司
108019臺北市和平西路三段二四〇號三樓
發行專線—（〇二）二三〇六六八四二
讀者服務專線—〇八〇〇二三一七〇五・（〇二）二三〇四七一〇三
讀者服務傳真—（〇二）二三〇四六八五八
郵撥—一九三四四七二四時報文化出版公司
信箱—（一〇八九九）臺北華江橋郵局第九九信箱

時報悅讀網—http://www.readingtimes.com.tw
電子郵件信箱—liter@readingtimes.com.tw
法律顧問—理律法律事務所 陳長文律師、李念祖律師
印刷—勁達印刷有限公司
二版一刷—二〇二二年十月七日
定價—新臺幣三八〇元
（缺頁或破損的書，請寄回更換）

時報文化出版公司成立於一九七五年，
並於一九九九年股票上櫃公開發行，於二〇〇八年脫離中時集團非屬旺中，
以「尊重智慧與創意的文化事業」為信念。

波特貝羅女巫（十五週年紀念新版）/保羅・科爾賀(Paulo Coelho)
著；李淑珺譯 . – 二版 . – 臺北市：時報文化, 2022.10
面；　公分 . –（藍小說；332）
譯自：*A bruxa de Portobello*
ISBN 978-626-335-767-9（平裝）

885.7157　　　　11011992

A BRUXA DE PORTOBELLO by Paulo Coelho
http://paulocoelhoblog.com

ISBN 978-626-335-767-9
Printed in Taiwan